HEYNE BÜCHER

Vom selben Autor erschienen
in den Heyne-Büchern die Romane

Zwei Töchter auf Pump · Band 487
Zwei Töchter und drei Hunde · Band 494
Gute Nacht Jakob · Band 508
Na so ein Esel · Band 604
Alle lieben Peter · Band 725
Puck — Roman eines Foxls · Band 831
Meine Hunde, wie sie wirklich sind · Band 885
Die Hexe aus dem Paradies · Band 916
Zwei gegen Fünf · Band 950
Das fremde Gesicht · Band 5072
Kriminaldirektor Türks schwerster Fall · Band 5102
Schneller als der Tod · Band 5171

HANS G. BENTZ

DER BUND DER DREI

Roman

WILHELM HEYNE VERLAG
MÜNCHEN

HEYNE-BUCH Nr. 557
im Wilhelm Heyne Verlag, München

18. Auflage

Lizenzausgabe für den Wilhelm Heyne Verlag GmbH & Co. KG, München
Printed in Germany 1982
Umschlag: Atelier Heinrichs, München
Gesamtherstellung: Ebner Ulm

ISBN 3-453-00065-X

Präludium

Der Traum fließt von mir ab, wie die glitzernde Welle abfließt von einem Stein am Meer. Ich träumte, ich ging durch den Wald. Es war ein besonders schöner Wald, gemischt von gewaltigen Buchen, die wie Tempelsäulen aufstiegen, und ebenso gewaltigen Tannen, die ihre dunklen Hände tief niederhängen ließen auf das dicke Moos.

Fern, über den Weg, fiel eine Sonnenbahn, und ein Eichelhäher schoß hindurch, bunt wie ein Tropfen, der im Sonnenlicht aufblitzt. Es war ganz still. Nur das hohe Summen der Insekten stand zwischen den Stämmen und machte die Stille noch tiefer. Es roch nach heißem Holz und Harz.

Dann aber begann von irgendwo eine kleine Glocke zu läuten, hell und schnell, und die Stille verkroch sich vor ihr in den Boden, und der ganze Wald kam ins Wanken, legte sich um und verblaßte . . . Und da war nun ein alter Schrank mit dicken Engelsköpfen, auf denen ein Sonnenstrahl lag, und eine weiße Zimmerdecke, an der die Schatten der Blätter schwankten, und eine Jalousie. Und dann, auf einem Bettuch, dicht vor meinen Augen — eine Hand. Meine Hand. Und dann war ich da und nannte mich ›Ich‹. Und es war ein ›Heute‹ aufgestiegen aus dem Traum, wie eine bunte Blase, die wachsen würde durch den Tag und die die Welt widerspiegeln würde, bis die Nacht kam und jener Schlaf, der die Blase mit dem ›Ich‹ darin zerspringen ließ. Das dann wieder, auf der anderen Seite des Seins, zwischen bunten Träumen seine Wege gehen würde . . .

Die Traumglocke draußen, das helle Glöckchen, das so hastig geläutet hatte, ist die Stimme meines Jüngsten, des Drahthaarfoxls Puck, genannt Weffi. Wie üblich stößt er ein eifriges, gellendes Weff-Weff vor sich her, während er, wie allmorgendlich, die Straße entlangrast im Vollgenuß der eigenen Schnelligkeit. Eine etwas tiefere Stimme sekundiert ihm: Das ist der schwarze Peter, ein Pudelbastard, den wir vor Uneingeweihten schamhaft als Carryblue bezeichnen. Der Älteste, Cocki, der Springercocker, bellt nicht, wenn er herausgelassen wird, wenigstens nicht, solange sich kein Radfahrer sehen läßt. Dann allerdings um so mehr!

Ich lächle vor mich hin. Die Jalousie wirft merkwürdige, leise schwankende Schatten an die Wand, so daß es aussieht, als läge ich tief unter Wasser. Draußen flötet eine Amsel in süßem Schmelz. Ich bin noch so traumverloren und warm, daß ich selbst zu faul bin, das Radio neben mir anzudrehen. Ich strecke mein Bein unter der Decke hervor und sehe es mir tiefsinnig an. Da steigt wieder die Welle hoch an dem Stein, um mich sind noch mal die Wirbel eines leichten Frühschlafes, dem ich mich hingebe wie einem Trunk Wein.

Dann bin ich wieder wach und höre ein gleichmäßiges, schlappendes Geräusch. Ich weiß: Cocki ist von der Morgenjagd zurück und säuft unten im Garten aus dem Bassin, dessen Wasser sicher in der schrägen Morgensonne schwarz blinkt und in dem wahrscheinlich ein paar Magnolienblätter treiben vom Baum im Nachbargarten, der wie ein rosa-festliches Wunder ist. Ich sehe alles deutlich vor mir, während ich den Kaffeeduft schnuppere, der sich langsam durch das Haus verbreitet.

Dann ein eifriges Getrappel die Treppe herauf, eine Tatze kratzt ungeduldig an meiner Tür. Jetzt wird sie von außen leise geöffnet, eine Frauenhand liegt auf der Klinke, und gleich darauf bricht die Meute in das Zimmer! Weffi und Peter fliegen, wie zwei Rennpferde Seite an Seite, auf mein Bett. Peter, der immer zum Frieren neigt, bohrt sich unter meine Decke, stemmt mit empörtem Grunzen mein Bein hoch, kringelt sich zusammen, niest einmal und beginnt dann eine intensive Wärme auszustrahlen. Weffi fällt mir um den Hals. Hurtig läuft seine kleine, knallrote Heiß-Zunge über Augen, Wangen und Brust, dann wirft er sich neben mich auf den Rücken, legt die Struppelschnauze auf das Kopfkissen, reckt die dicken Fellbeinchen in die Luft und will auf dem Bauch gekratzt sein.

Cocki, der Muskelprotz, wuchtet heran: goldengroße, traurige Augen zwischen dem langen und schweren Gehänge der Ohren. Die dicke Tatze, mit den langen seidigen ›Federn‹ daran, kratzt meine Brust. »Wuff!« sagt er einmal mit tiefer Stimme. »Aufstehen!« Dann dreht er mir den Rücken und schmeißt sich dröhnend in einen schmalen Sonnenstreifen, die Hinterbeine wie ein toter Frosch flach ausstreckend, den Kopf seitwärts neben die Tatzen legend. Kurz darauf beginnt er rasselnd zu schnarchen. Draußen setzen die Glocken ein (und diesesmal sind es wirklich die Kirchenglocken), neben mir pustet Weffi und zuckt mit den Pfoten im Schlaf, Peter atmet ruhig unter meiner Decke, und für ein paar Minuten genieße ich noch den Morgenfrieden, umhüllt von dem Leben meiner drei Freunde ...

Und dann wühlt sich eine Idee in mir hoch:

Wie kam es eigentlich, daß sich die Lebenswege dieser Drei mit dem meinen vereinten? Erschreckend, wie gedankenlos man in den Tag hineinlebt und wie selten man dazu kommt, auf das zurückzuschauen, was bestimmt das Wichtigste ist, auf das eigene Leben und das der geliebten Wesen um uns.

Diese Drei, diese heimlich von mir angebetete, unerzogene und hoffnungslos unerziehbare Bande von Individualisten – ja, wie kam ich eigentlich mit ihnen zusammen? Während ich mir das überlege, gerate ich mehr und mehr ins Staunen über das bunte Gewebe, welches vom Schicksal da geschaffen worden war . . .

Ich rücke mich im Bett zurecht, kraule Weffis Bärtchen und lasse meine Erinnerung zurückwandern – sieben Jahre weit!

Cocki

Eigentlich begann alles mit dem Tode des alten Puck. Er war mein erster Hund, ein Drahthaarfox, groß für seine Rasse, schneeweiß, nur mit einem braunschwarzen Ohrchen, stark, heißblütig, ein ritterlicher Raufbold und kleiner Gentleman. Fast dreizehn Jahre lang trabten wir Seite an Seite durch eine von Revolutionen und Kriegen zerrissene Welt. Eine flammende Bombennacht raubte uns unser Heim, und Jahre hindurch mußten wir den dornenvollen Weg des Mitleids gehen, bei Freunden unterkriechend, bei Bauern ein paar Abfälle und ein wenig Magermilch erbettelnd. Von vielen Schwellen wurde ich gewiesen, deinetwegen, mein Puck. Nie nahmst du Nahrung von einem Fremden, so verhungert du auch warst, mein Puck —. Wir hielten zusammen, und wir ließen uns nicht los. Wir quetschten uns in überfüllten Zügen, wir schliefen unter einer Decke, wir hungerten zusammen — meist. Und feierten Feste zusammen — manchmal.

Auch das ging zu Ende. Der Friede kam, und ich hatte das Glück, dich noch einmal in Kalbsknochen und Bruchreis schwelgen und so richtig satt hinplumpsen zu sehen. Deine mageren Flanken füllten sich auf, du warst nicht mehr zu schwach zum Spielen, du schwammst wieder im See, du konntest wieder einen Alt-Herren-Galopp riskieren. Aber das Herz — dreizehn Jahre — einundneunzig Menschenjahre, und die bösen Jahre des Krieges dazu! Deine schönen, braunen Augen, die klugen, lustigen Fenster deiner Seele, trübten sich. Man stieß sich manchmal an Stuhl und Tisch, aber — was machte uns das aus? Wir hatten ja eine gute Nase und — wir waren zusammen! Aber es kam der Tag, wo du plötzlich von der Couch heruntersprangst und dich zu meinen Füßen niederkauertest. Und dann schriest du auf, mit einem fürchterlichen Schrei, fielst zur Seite, kämpftest, minutenlang, Minuten, die ebenso viele Ewigkeiten waren. In deiner Todesnot brachtest du es fertig, noch einmal meine Hand zu lecken – und dann warst du von dieser Welt gegangen. Ich blieb erstarrt neben dir auf den Knien, Stunde um Stunde. Der Himmel war über mir eingefallen.

Wenn du mir solche Todesqual gibst, so ist sie wohl verdient, sagte ich, denn ich habe vieles getan in meinem Leben — wider besseres Gewissen — aus Feigheit — aus Erbärmlichkeit — aus Schwäche und aus Unaufrichtigkeit. Ich nehme den Todesschmerz gern an — als Sühne. Aber dieses arme und ganz reine Wesen — was hat es zu büßen mit seiner Qual?

Wahrscheinlich gibt es eine Antwort darauf. Vielleicht ist der Tod das große Erwachen, das uns zeigt, wie lächerlich einfach alles zusammenhängt und wie sicher, wie richtig alles begründet ist, in dieser und — in jener Welt. Wir stehen vielleicht die ganze Zeit vor der gewaltigen Tafel, in die ein Gott die Lösungsformel grub, und wir können sie nur nicht lesen, weil wir zu nahe davor stehen und immer nur einen Teil eines einzigen Buchstabens sehen . . .? Es mag sein, daß diese Formel auch des Puckchens Todesqual in Weisheit klärt — aber bis heute kenne ich die Lösung nicht . . .

Meine Gefährtin war von Pucks Tod so hart getroffen wie ich selbst. Wir hüllten ihn in eines der beiden Bettücher, die uns der Krieg gelassen, und trugen ihn bergauf bis zu einer kleinen Wiese, die er besonders liebte. Der Felsen ragt dahinter auf, mehr als zweitausend Meter hoch. Manchmal fliegen Adler um seine vergletscherten Türme, die meist in Wolken brodeln. Dort, zu Füßen des ungeheuren Wächters, begruben wir ihn, unsern Puck . . .

Das Schicksal führte uns bald darauf in die Stadt, in ein Haus an ihrem Rande, Gott sei Dank, wo noch viel Grün und Blühen ist und eine Ecke weiter sogar noch ein weites, freies Feld, das in manchen Jahren Getreide trägt, in anderen wieder Kartoffeln oder auch das bunte Kleid einer Futterwiese. Aber es war die Stadt, in der wir jetzt leben mußten, eine fremde Stadt, voll fremder Menschen, die uns, die so lange Einsamen, beängstigten. Unser kleiner weißer Freund fehlte uns gerade jetzt zu jeder Stunde, und so begann ich die Frage zu erwägen, ob wir uns nicht wieder einen Gefährten anschaffen sollten. Ich unterhielt mich lange mit Puck darüber, und er meinte, er nähme es mir nicht übel, er wisse, daß ich niemals wieder ein Wesen mit der gleichen Liebe lieben werde wie ihn. Und es gäbe so viele arme Hunde, die in unserem Hause glücklich werden könnten, warum sollten wir nicht einem von ihnen dieses Glück geben?

Ich studierte die Inserate und fand eine Hundehandlung. Dorthin fuhr ich eines Nachmittags. Sie lag mitten in der Stadt an einem Bahndamm, und es war eine baufällige, verdächtig aussehende Bude, wie aus einem englischen Detektivroman. Es hatte zu regnen begonnen, als ich ankam. Draußen vor der Baracke, an einer Schnur angebunden und im strömenden Regen schlotternd, saß ein wunderschöner Cockerspaniel. Er sei erst an diesem Morgen gekommen, sagte mir der Händler, der in seinem drekkigen Pullover und seiner Schiebermütze genau in das Milieu paßte. Im übrigen sei es ein echter Springercocker. Stammbaum anbei. Und so nahm ich den Hund draußen im Regen, weil er nicht einmal Platz hatte in der armseligen Hütte, und außerdem, weil er so schön war und mich aus den goldenen Augen zwischen den langen Behängen ein so todestrauriger Blick getroffen hatte. Ein furchtbar menschlicher Blick.

So kam Cocki zu uns. Zu Hause nahmen wir ihn uns erst einmal vor, badeten ihn, wischten Augen und Ohren aus, gingen auf die Ungezieferjagd. Anschließend verdrückte er eine randvolle Schüssel. Dann sah ich ihn mir zum ersten Male richtig an: ein starkes Tier von anderthalb Jahren. Etwas ganz Besonderes sind die Augen: Sie sind nicht braun, sie sind wirklich golden, von der Farbe des roten Nibelungengoldes, wie es in der Sage beschrieben ist. Die Augenlider darunter, die etwas abhängen, zeigen ihr dunkelrotes Innere. Manchmal ergibt das den vorwurfsvollen Blick eines alten Säufers, dem man seinen geliebten Schnaps gerade weggenommen hat. Meist überwiegt im Blick dieser Augen das großartig Trauernde. Nur manchmal kann es kühn und löwenähnlich blicken, wie Cocki überhaupt in seinen Bewegungen an einen kleinen Löwen gemahnt. Der Gang ist erstaunlich leicht und katzenhaft, die starken Muskeln spielen dabei unter dem Fell. Er springt trotz seiner Schwere wie eine Katze. Kein Zaun ist dem kurzen, stämmigen Tier zu hoch. Im übrigen ist jede Sentimentalität ihm gegenüber unangebracht. Er ist ein schlauer Tyrann, ein starker Fresser und Säufer – und ein berüchtigter Don Juan. Ein Bursche, der großartig von Leben strotzt. Als er in unser Haus einzog, war es Herbst. Die Bäume flammten, der Himmel war hoch und blaßblau, und das Sonnenlicht von jener klaren Durchsichtigkeit, die schon das große Sterben ahnen läßt . . .

Cocki nahm zunächst von dem herbstlichen Garten Besitz. Er raschelte in den Blättern, grub nach Mäusen und verjagte einen alten Kater, der ihm auf dem Gebiet des Mäusefangens Konkurrenz machen wollte. Ich hatte vor, ihn eine Weile im Garten zu halten, damit er sich erst an die Umgebung gewöhne. Dieser Plan wurde aber bereits am ersten Tage durchkreuzt, denn Cocki setzte mit einem einzigen Sprung seiner federnden Muskeln über den anderthalb Meter hohen Zaun und watschelte O-beinig auf seinen dicken Sohlen auf der Straße weiter, als sei das nichts Besonderes.

Ich schnauzte ihn an, aber es traf mich nur ein verächtlicher Altmännerblick. Bald darauf entdeckte ich auch einen der Gründe seines Verhaltens: Er weigerte sich nämlich hartnäckig, gewisse unvermeidliche Geschäfte im Garten zu erledigen, und damit stieß ich auf einen seiner unverrückbar scharf ausgeprägten Charakterzüge, nämlich: das Gefühl des Besitzes und der Reinhaltung dieses Besitzes. Das Haus war sein Reich, der Garten gehörte zum Haus und durfte infolgedessen für das Beinheben und andere Übungen nicht benutzt werden, die er sonst mit hündischer Gründlichkeit vollzog.

Bei unsern ersten Spaziergängen setzte Cocki dann die Erziehungsarbeit an mir fort. Er brachte mir sehr schnell bei, daß es albern ist, einem kleinen Löwen zu pfeifen und ihn aus dem wonnevoll-versunkenen Einhertraben zurückzurufen, bloß, um ihm zu erzählen, daß er ein so liebes Hundchen sei oder daß er jetzt mal ›bei Fuß‹ gehen solle.

Tat ich es, so blickte er sich die ersten Male nur verächtlich traurig um, bei den nächsten Malen wackelte er nur mit der Stelle, wo bei anderen Hunden der Schwanz sitzt und wo er lediglich einen halbdaumenlangen, haarüberwellten Stummel aufzuweisen hat.

Das nächste, was er mir beibrachte, war, daß gemeinsame Spaziergänge innerhalb des Ortes überhaupt albern seien, da es für ihn als ›Geschäftsmann‹ so viel zu tun gebe, daß er sich unmöglich um mich und meine Marschroute kümmern könne. So bog er dann um die nächste Ecke! Wenn ich dort ankam, sah ich ihn gerade in seinem merkwürdigen Schaukelgalopp um die übernächste Ecke verschwinden, und dann war er überhaupt weg!

Soweit fügte ich mich mit gutem Humor in die Erkenntnis, daß ich mir einen hundertprozentigen Hundehund angeschafft hatte, im Gegensatz zu Pucki, dem Unvergessenen, der ein ebenso hundertprozentiger Menschenhund gewesen war. Puck pflegte sich zu entschuldigen, wenn er sich einmal hündisch benahm. Cocki ist stets ärgerlich, wenn er dem Zusammenleben mit einem Menschen irgendwelche Konzessionen machen soll, und beschränkt sie auf das mindeste. Er würde mich am liebsten als Hund oder sogar, im wahrsten Sinne des Wortes, ›unter dem Hund‹ behandeln: als reines Mittel zum Zweck, dem man die Nahrung aus der Hand reißt und den man gleich darauf anbrüllt, zu dem man sich aufs Bett schmeißt, wenn einem mal so danach ist, das man aber, wenn man es nicht braucht, ebenso danklos verläßt. All dieses schluckte ich, wie gesagt, halb enttäuscht und halb amüsiert und ohne daß es meiner Zuneigung zu dem kleinen Brutaliker Abbruch tat.

Dann aber kam ein Tag, an dem er wieder einmal einen Spaziergang mit mir abbrach und um die nächste Ecke sauste. Und von dem Moment an blieb er verschwunden, wie vom Erdboden verschluckt. Ohne Hund mußte ich heimkehren und wurde dementsprechend empfangen. Es begann jenes angstvolle Warten, das jeder Besitzer eines Hundes nur allzu gut kennt. Man setzt mechanisch seine Tagesarbeit fort, aber die Gedanken sind bei ›ihm‹. Man unterhält sich krampfhaft und mit ausgesuchter Höflichkeit, aber am liebsten möchte man straßauf, straßab rasen, um diesen verdammten, aber geliebten Lümmel zu finden...

Man dreht das Radio an und stellt es sofort wieder leise, weil irgendwo in der Ferne ›was‹ gebellt hat. Der Abend sinkt – immer noch nichts! Man erklärt, daß man sich die Beine vertreten müsse, und irrt durch alle Straßen, hin und her und kreuz und quer, überall dorthin, wo irgendeine ähnliche Hundestimme erklingt. Man pfeift und ruft und verstummt schamhaft, wenn sich Passanten nähern. Man kommt in Gegenden, in denen man noch nie war; man malt sich aus, was ihm inzwischen alles passiert sein könnte.

Man sieht ihn überfahren, hilflos irgendwo am Wegrand liegen – sieht ihn, ob seiner Schönheit gestohlen, in ein Auto gerissen und entführt!

Man sieht ihn als Mahlzeit für vier Personen, mit Zwiebeln garniert, auf dem Tisch stehen –

Man kommt heim. Im Zimmer der Gefährtin brennt noch Licht, man rennt im Mantel die Treppe hinauf: Ist er da?

»Nein! Noch immer nicht –«

Sie hat's leicht, sie kann weinen und außerdem Vorwürfe machen: »Du hättest ihn an die Leine nehmen sollen, das arme Tier kennt sich ja noch gar nicht genug aus, er wird nicht mehr nach Hause finden . . .«

Man bekommt allmählich die Wut: »Wenn er nach Hause kommt, werde ich ihn verdreschen, daß er in keinen Sarg mehr paßt! Einmal und nie wieder ...! Strenge ist nötig, schließlich auch in seinem eigenen Interesse!«

Man geht zu Bett, man liest und versteht kein Wort. Draußen beginnt der Regen zu rauschen. Mein Gott, das arme Tier, jetzt, in der Nässe! Die Minuten schleichen, die Chancen sinken. Vielleicht hätte man die Polizei anrufen sollen — man muß es gleich morgen früh tun! Man wird eine Belohnung aussetzen und den Rundfunk bitten, es durchzugeben.

Und dann, um zwei Uhr nachts, ertönt ein unverkennbar herrisches Bellen vor dem Haus. In Pyjama und Nachthemd rast alles zur Tür: ER steht davor, watschelt herein, dreckig wie eine Wildsau, ein paar abgerissene Zweige fesch durch das Ohrgelock gesteckt, setzt sich hin und reicht herablassend und tief aufseufzend die dicke Pfote zur Versöhnung. Alle erzieherischen Vorsätze sind vergessen! Man kniet nieder und zieht den dicken Löwenkopf an die Brust, der durchdringend nach Erde riecht (man hat in diesem Falle Glück!). Cocki macht sich mit männlicher Kargheit der Gefühle los und wogt in die Küche, wo er ungeheure Mengen Wasser zu sich nimmt. Dann schmeißt er sich auf die Seite, deckt die Augen mit den eigenen Ohren zu und ist im nächsten Moment entschlummert. Die Familie geht erlöst zu Bett und dankt dem Schicksal.

Seine Exkursionen haben verschiedene Zwecke. Das Hauptmotiv ist die Liebe! In den entsprechenden Wochen, in denen die Hündinnen in den Häusern ringsum interessant werden, ist er von früh bis spät unterwegs. Ein Abenteuer schließt sich an das andere, und ist der nähere Bereich abgegrast, machen die vier Gummitatzen kilometerweite Eilmärsche in die Stadt hinein, um nur ja nichts ›auszulassen‹. Liebe ist Pflicht! Ein geheimnisvoller Befehl scheint diesen Teil seines Lebens zu bestimmen. Er fehlt bei keiner Hundeversammlung vor irgendeinem Haus, ob es nun Sommer ist oder Winter mit klirrendem Frost. Man hat Cocki schon bei sechsundzwanzig Grad Kälte vor dem Hause einer Geliebten angefroren gefunden und mußte ihn vorsichtig mit der Axt abhacken! Wir staunen nur über die eisenharte Gesundheit, die all diese Strapazen überdauert.

In solchen Wochen verliert sich dann die Rundlichkeit seiner Hüften. Er magert ab, und nur noch die Fülle seines Felles und die starken Muskeln täuschen Stämmigkeit vor. Innerlich ist er brennender Trieb, und dieses Feuer wird mit ungeheuren Quantitäten von Wasser gelöscht.

Nach Hause kommt er nur zur Mittagszeit oder auch in den frühen Morgenstunden. Sobald aber der Haushalt erwacht, ist er, wenn man ihm nicht die Tür öffnet, mit einem Satz zum ersten offenen Fenster hinaus und wieder unterwegs. Ein sonderbar scharfer Raubtiergeruch bleibt dort zurück, wo er sich aufhielt.

Manchmal entdecke ich durch Zufall, wo die diesbezügliche Veranstaltung gerade stattfindet. Cocki kommt mir dann um irgendeine Ecke entgegengewogt, wirft mir einen aufmunternden und schelmischen Blick zu, streicht krumm gebogen um meine Füße und will mir seine Rechte reichen; doch bevor ich's tun kann, dreht er ab und verschwindet: Du wirst verstehen – ich habe zu tun!

Ich gehe ihm nach: eine kleine Villa inmitten eines großen, finsteren und verwilderten Gartens. Die Villa sieht aus wie ein Lustschloß, das der Sonnenkönig Ludwig XIV. einer Geliebten geschenkt hat, einer Geliebten zweiter Güte sozusagen, nicht einer der großen Kurtisanen, sondern so einem kleinen, gelegentlichen Seitensprung ... In Wirklichkeit verdankt das Häuschen seinen Ursprung wahrscheinlich der entzügelten Phantasie eines Architekten der neunziger Jahre. Der Stuck ist abgeblättert, eine Jalousie hängt schief herunter, alles macht einen halb verwunschenen, halb verkommenen Eindruck.

Vor dem Zaun gewaltiger Aufmarsch aller Hundegrößen, die mir von meinen vielen Spaziergängen bekannt sind. Da sitzt die große Tigerdogge des Schlächters neben dem schwarzen Dackel des Oberregierungsrates aus dem Finanzministerium. Die beiden gelben Schäferhundbastarde des Bauunternehmers, auf ihrem Grundstück zähnefletschende Bestien, hocken hier ganz artig und zahm nebeneinander. Das schwarze Pudelchen der Zahnärztin beriecht, Kopf an Kopf mit Cocki und dem Scotchterrier des Regisseurs, die herrlich duftende Fährte. Der einheimische ›Gesangverein‹ hat sich aber noch durch Gäste aus den umliegenden Vororten verstärkt. Ich sehe einen mir völlig unbekannten ungarischen Hirtenhund, ein groteskes Möbel, das nur aus lockigem Fell besteht, unter dem seine Hundekonturen vollkommen verschwinden. Ferner zwei lebende Bettvorleger: Skyeterrier, und ein undefinierbares Exemplar: eine Brake mit langhaarigen Riesenohren, die ich stark im Verdacht habe, aus Cockis Fabrik zu stammen ...

Das alles sitzt und wartet, weint, heult, schnüffelt und bespringt sich gegenseitig, um sich die Zeit zu vertreiben.

Manche richten sich auf und kratzen an dem Gitter. Nur Cocki, nachdem er genügend geschnüffelt hat, wandert die Stäbe des Gitters entlang und betrachtet es mit sachverständigen Blicken. Es hat einen Steinsockel, ungefähr dreiviertel Meter hoch, und auf diesem steht ein geschwungenes Eisengitter von durchschnittlich einem Meter Höhe. Cocki watschelt ein paarmal hin und her, und dann bleibt er dort stehen, wo die Schwingung des Zaunes am tiefsten herunterhängt. Seine Augen zeigen den Löwenausdruck mit einem Schuß pfiffiger Schläue darin. Dann ist er mit einem Satz auf der Steinbrüstung und kriecht, wie ein kleiner Panther, die Maschen des Gitters hoch. Jetzt ist er am oberen Rand, einen Moment schwebt er in der Balance, und dann, mit einem Plumps, läßt er sich in den fremden Garten fallen. Dort folgt er, die Nase wie einen Staubsauger fest auf die Erde gedrückt, einer unsichtbaren Spur, die ihn in immer schnellerem Galopp kreuz und quer durch den Garten rasen läßt. Er ist völlig besessen. Die Kurven der Spur nimmt er so scharf, daß die Ohren hin und her fliegen, und die ganze Unternehmung endet vor der Haustür, die einen bronzenen Engelskopf mit einem Ring im Munde trägt.

Cocki richtet sich auf und kratzt. Als nichts erfolgt, setzt er sich auf die Hinterkeulen und stößt ein kleines, jämmerliches Weinen aus, das bei ihm wie eine schlaue Verstellung klingt. Sie dauert jedoch nicht lange, denn als sich abermals nichts ereignet, bricht aus seinem mächtigen, bulldoggenbreiten Brustkasten ein herrisch-scharfes, befehlerisches Bellen: Ihr da drinnen, 'raus mit der Braut!

Und wie seinem Befehl gehorchend, öffnet sich die Tür. In ihrem Rahmen erscheint eine alte, zierliche Dame, schwarzgekleidet mit schneeweißem Haar, und hat auf dem Arm die Braut. Eine winzige Pekinesin! Vor dem Zaun gewaltiger Aufruhr, vielstimmiges Gebell, ärgerlicher Austausch von Bissen untereinander. Am albernsten gebärdet sich ein Bernhardiner, der die Gemeinschaftsbraut bestenfalls als Zahnfüllung verwenden könnte.

Cocki, der siegreiche Eindringling, hat sich derweilen aufgerichtet und saugt gierig den beseligenden Duft ein. Zwischendurch placiert er Handküsse auf die schmalen weißen Altfrauenhände. Er wird dafür freundlich gestreichelt, der Gauner. Draußen ziehe ich den Hut. »Das ist mein Hund, gnädige Frau, vielleicht darf ich 'reinkommen und Sie von seiner Zudringlichkeit befreien?«

Worauf mir mit maßvoller Entrüstung geantwortet wird: »Ach, das ist doch Cocki, sei'n Sie doch nicht so streng mit ihm! Ich sperre ihn ins Haus, während Elisabethchen draußen ist, und nachher kann er dann im Garten ruhig herumstromern. Sie können ihn ja abends abholen, wenn Sie wollen.«

Sind die interessanten Tage einer Hündin vorüber und tritt mal eine kurze Pause ein, so kehrt Cocki mit unverkennbarer Beglückung in den Ablauf des Haushaltes zurück. Er scheint es als eine Art Ferien inmitten anstrengender Dienstverpflichtungen aufzufassen. Pünktlich wie eine Uhr ist er bei den Mahlzeiten, er springt sogar morgens, obwohl karg an Liebesbezeigungen Männern gegenüber, zu mir ins Bett oder richtet sich wenigstens am Bett auf und leckt mir schnell über das Gesicht. Er schnarcht nach dem Mittagessen in meinem Lieblingssessel, bleibt bei den Spaziergängen in hundert Meter Umkreis und läßt sich abends mit wahrem Genuß auf seine Schlafdecke in der Küche plumpsen.

Bis er dann bei einem Spaziergang irgendwo wieder stehenbleibt, schnüffelt, die Erde mit der breiten Tatze fieberhaft aufgräbt, um noch besser riechen zu können, dann den Kopf witternd in den Wind hebt und sich im Zuckeltrott in Bewegung setzt, der bald in Galopp übergeht, bis die wehenden Ohren und fliegenden Hinterpfoten um eine Ecke entschwinden. Ein neues Abenteuer hat begonnen . . .

Seufzend dreht Herrchen auf der Straße um und denkt, den Spaziergang abkürzend und vereinsamt heimwärts strebend, darüber nach, wie es wäre, wenn er selbst mal mit wehenden Ohren um ein paar Ecken sausen würde ...

Einmal in seinem Leben bisher durfte Cocki sich legal betätigen. Seine Fotografien, die ich als glücklicher Hundevater und Fotoamateur in meiner Bekanntschaft zu verstreuen pflege, trafen auch die Besitzerin einer Springercocker-Hündin. Es folgte darauf, nach mehreren Telefonaten, bei uns ein Staatsbesuch der Schwiegermutter mit Tochter. Hundetochter Jenny beroch, freundlich mit dem Stummel wedelnd und rührend ahnungslos, den auserwählten Vater ihrer künftigen Kinder. Cocki zog verbindlich die Augenbrauen hoch und wedelte seinerseits ein paarmal höflich mit dem Hinterteil. Dann machte sich die Auserwählte ungeniert über seinen Futternapf her. Cockis Stirn schlug Falten, und in seine Augen trat jener gefährliche Ausdruck von Neugier, der ungefähr besagt: Ich bin doch gespannt, wie sich der andere benehmen wird, wenn ich ihn jetzt am Genick packe und auf die Erde haue! Aber, die Weiblichkeit des Räubers irritierte ihn doch. Er sah mich flüchtig fragend an: »Scheußliche Situation, was?« und kroch dann verbittert unter die Kommode, von wo er die ganze Zeit über nicht mehr zum Vorschein kam.

Eines Tages klingelte dann das Telefon — es war soweit! Der Ort der Hochzeit lag hundert Kilometer entfernt. Während ich den Wagen fertigmachte, wurde Cocki, der gerade vom Ausräumen einer benachbarten Mülltonne zurückkehrte und in das Innere der Tonne offenbar auf dem Weg über einen Schlackenhaufen gelangt war, eingefangen und gebadet. Für ihn ein wahrhaft entsetzliches Erlebnis. Anschließend wurde er gründlich entfloht und entlaust.

Es vergingen fünf Monate, und dann fanden wir, von einer Reise heimkehrend, eine Karte der Schwiegermutter vor, daß wir ihr doch einen Besuch abstatten möchten. Der ›glückliche Vater‹, so hieß es auf der Karte bedeutungsvoll, sei mitzubringen, da es ihn vielleicht interessiere, seine Kinder kennenzulernen. Wieder wurde telefoniert, wieder wurde Cocki — zwar nicht gebadet, doch entfloht, gekämmt und dann unter besonderen Vorsichtsmaßregeln verladen.

Das Haus der Schwiegermutter — ich vergaß das zu erwähnen — liegt mitten im Zentrum eines großen Gebirgskurortes. Es hat drei Stockwerke und einen kleinen Garten. Im obersten Stockwerk wohnt die Schwiegermutter, die anderen sind an allerhand lustiges, junges Volk, hauptsächlich zigarettenrauchende und grammophonspielende Sekretärinnen, vermietet. Als wir vor dem Haus hielten, hingen zwei dieser jungen Damen aus ihren Fenstern und flatterten, als wir uns aus unserem kleinen Wagen schälten, an die Eingangstür.

»Dürfen wir mitkommen?« fragte die eine mit dem großen lustigen Mund und den braunen Augen. »Wir möchten so gern sehen, was er zu dem Schwung sagt!«

»Was für ein Schwung?«

Sie bekam darauf einen Stoß in die Rippen von ihrer nicht minder hübschen Hausgenossin: »Du sollst doch vorher nichts verraten!«

Und dann erschien Schwiegermutter an der Tür (übrigens eine nette, resolute Offizierswitwe anfangs der Dreißigerjahre), und an ihr vorbei schoß Jenny auf Cocki zu.

Er leckte Jenny einmal unverbindlich hinterm Ohr, visierte sie mit der Kürze und Sachlichkeit eines Frauenarztes und wuchtete dann an ihr vorbei die Treppe hinauf, offensichtlich völlig auf Fressen eingestellt. Wie üblich wurden seine Erwartungen nicht enttäuscht, denn bereits im ersten Stock wurde er nacheinander in sämtliche Zimmer gelockt und dort verwöhnt.

Wir indessen stiegen erwartungsvoll in den obersten

Stock, wobei ich nicht umhin konnte zu konstatieren, daß die adrette Offizierswitwe einen bleichen und leicht vergrämten Eindruck machte und daß bei Annäherung an ihre Wohnung eine Geruchsmischung bemerkbar wurde, die Uneingeweihte dahin analysiert hätten, daß man ungereinigte Windeln in einer Zirkusmanege aufgehäuft habe.

Beim Betreten der Wohnung verstärkte sich diese Geruchsmischung orkanartig, und gleichzeitig wurden wir zur Vorsicht beim Niedersetzen der Füße gemahnt. Das war bei mir nicht nötig, denn ein quabbliges, weißes Etwas, anderthalb Hand in der Länge und mit so langen Ohren, daß es sich beim Anmarsch darauf trat, stürzte sich auf meinen linken Schuh und machte sich – offenbar im Akkord arbeitend – daran, meine Senkel aufzuziehen, respektive dort, wo es ihm nicht gelang, abzureißen. Ein weiteres Etwas saß, als uns die Tür zum Salon geöffnet wurde, mitten auf dem Teppich und machte einen See.

»Ein Weibchen offenbar«, sagte ich, da man doch irgend etwas sagen mußte.

»Nein, ein Rüde«, sagte die Offizierswitwe mit ihrer tiefen Stimme. »Das Beinheben lernen sie erst später, aber hoffentlich nicht mehr bei mir! Eigentlich sollten sie da drin bleiben –.« Ihr Finger wies in den angrenzenden Wintergarten, der mit einem Brett zur Hälfte abgeteilt war. Innerhalb dieses Brettes ging es ganz professionell und züchterisch zu, mit eingestreutem Sand, Wasser und Futternäpfen und einigen Lumpen. In diesem Gehege aber saß nur ein braunweißes Klümpchen und kaute mit tiefen Sorgenfalten an einem alten Pantoffel.

»Die übrige Bande«, sagte die sonore Stimme neben mir, »ist schon wieder unterwegs. Springercocker, ganz der Papa!«

»Um Gottes willen, der schöne Teppich!« rief meine Gefährtin.

»Na, na«, sagte die dunkle Stimme, »keine Höflichkeiten! — Den guten habe ich weggetan, dies ist ein alter, den ich eigentlich verkaufen wollte. Die Fransen sind schon abgefressen — werdet ihr wohl!« und damit stürzte sie sich auf einen Dreier-Klub, bestehend aus einem kohlschwarzen, dicken Pummel, einem schlankeren Weißen mit einem braunen und einem weißen Ohr und einem durchweg schwarzweiß gefleckten Exemplar. Alle drei versuchten einen Schuh der Hausherrin mit wütendem Geknurr nach drei verschiedenen Seiten zu bewegen, was keineswegs zum Vorteil der Fußbekleidung war. Sie wurde ihnen entrissen, der eine entkam mit einer abgerissenen Schnalle unter den Diwan, die beiden anderen wurden am Kragen genommen und in die Kiste befördert. Dort ging der dicke Schwarze in die Kniebeuge, während der Schwarzweiße sich an der Zerlegung des Pantoffels beteiligte.

»Sehen Sie«, sagte die Schwiegermutter beglückt, »der Schwarze ist der intelligenteste, er fängt schon an sauber zu werden . . .«

»Wie viele sind es denn?« fragte ich vorsichtig.

»Acht Stück, sechs davon leben!«

Traditionsgemäß wurde uns ein Rüde des Wurfes als Deckhonorar angeboten, wir aber lehnten in schuldbewußter Großmut ab. Eine halbe Stunde noch tätschelten wir die dicken Kinderbäuche, ließen nadelscharfe Zähnchen an unsern Fingern knabbeln, zeigten uns entzückt über das dünne Welpenbellen und die Lustschreie unserer Enkel, dann holten wir Cocki. Er hatte sich inzwischen mit Kuchen und allem möglichen so vollgefressen, daß er nur noch wankte, bestand aber trotzdem darauf, einen Kotelettknochen mit in den Wagen zu nehmen. Wenn er rülpste, fiel er ihm aus dem Maul, wurde aber sofort wieder ergriffen und knurrend bewacht. Dann fuhren wir heim, voller Dankbarkeit, daß wir keine Hündin hatten . . .

Die zweite große Macht, die neben der Liebe Cocki beherrscht, ist der Hunger oder besser gesagt: die Sorge ums Fressen, woraus klar hervorgeht, daß sich die Grundlage seiner seelischen Konstruktion nicht allzusehr von der der menschlichen unterscheidet.

Cocki ist, wie ich schon erzählte, ein starker, ein praktisch unbegrenzter Fresser und in der Auswahl der Qualität von einer beispiellosen Unbekümmertheit, was ihm den Beinamen ›Der Müllschlucker‹ eingebracht hat. Damit will ich aber nicht etwa sagen, daß wir zu jener Sorte von Tierfreunden gehören, die verdorbene Speisen ihrem Hund geben und ihn als eine Art lebenden Abfalleimer benutzen. Das Fressen, das er bei uns vorgesetzt bekommt, ist einfach, nahrhaft und sauber. Es wird für ihn zubereitet. Cokki aber versteht es, dieses einmalige, ausgiebige mittägliche Fressen gewissermaßen nur zum Mittelpunkt einer sich durch den ganzen übrigen Tag erstreckenden Speisenfolge zu machen. Unter den Hunden gibt es genauso viele verschiedene Typen von Fressern wie unter den Menschen. Bei den Menschen gibt es den schmatzenden Lustfresser und — auf der anderen Seite der Skala — den gelangweilten Herumstocherer, dazwischen den neidischen Esser, dessen Augen angstvoll in die Runde gehen, ob nicht ein anderer vielleicht mehr oder das bessere Stück erwischt hat, den gedankenlosen Esser, der dabei die Zeitung liest, und dazwischen viele andere Typen.

Auch bei den Hunden gibt es den Mäkelfritzen, der zunächst angewidert vor dem Napf zurückweicht und sich nur zögernd überreden läßt, etwas zu nehmen; dann den

Genießer, der den Kalbsknochen zunächst beleckt und zärtlich ansieht und in den Pfoten hält, bevor er das Zermalmungswerk beginnt. Cocki aber würde ich in die Klasse der Berufsfresser einrangieren.

Sorgenvoll und gründlich besorgt er dieses notwendige Geschäft. Während des Fressens wird nicht aufgeguckt, nicht rechts und links geschaut, nur, wenn sich ein anderer Hund nähert, sieht er ihn von unten her mit blutunterlaufenen Augen an, und zum Bild des gereizten Bullen fehlen nur noch die Hörner. Es wäre undenkbar, daß Cocki sein Fressen einem Stärkeren überließe. Ich glaube, er würde für einen alten, stinkigen Knochen oder eine Käserinde sterben, ganz zu schweigen von seinem Mittagsnapf. Der Mittagsnapf, da wir gerade davon sprechen, wird in Rekordgeschwindigkeit von der dicken Zunge eingelöffelt. Die Ohren dienen dazu, die Brühe umzurühren, und sind hinterher entsprechend garniert. Der harmlose Gast, der das liebe Hundchen, weil es so brav gefressen hat, auf seinen Schoß einlädt, merkt das dann später ... Wenn möglich, stecken wir Cockis Riesenohren durchs Halsband, damit sie sauber bleiben.

Nach dem Mittagessen erwacht übrigens häufig die Vorstellung, daß man nun ein Dessert nachschieben müsse. In diesem Punkt hat Cocki seinen eigenen Geschmack. Ich entsinne mich noch deutlich der Entrüstung der Familie, als wir ihm im ersten Jahr zur Winterszeit ein besonders gutes und reichliches Fressen vorsetzten. Mit schwankendem Bauch watschelte er daraufhin, laut rülpsend, in den tief verschneiten Garten und verschlang als Nachtisch eine tote gefrorene Maus ...

Die erste Unternehmung auf dem Gebiet des Fressens findet schon am frühen Morgen statt. Da werden zuerst die Mülltonnen der umliegenden Häuser revidiert. Es gibt da einige Käsereste und Schalen vom letzten Abendbrot, an einer anderen Stelle einen Knochen oder, wenn man besonderes Glück hat, sogar zähes Fleisch, das die Menschen verschmähten, und manchmal fängt man auch, auf einem flüchtigen Abstecher aufs Feld, eine Maus oder gräbt schnell eine Maulwurfsfamilie aus. Aber — wie erwähnt — man muß sich hierbei sehr beeilen, denn sonst versäumt man die Welle der Frühstückshäppchen.

Die ersten häuslichen Häppchen erbt Cocki bei Mathilde in der Küche. Es ist seltsam, aber bei sämtlichen Mädchen, die in unserem Hause wirkten, ob sie nun Rosa, Lene, Maria oder Mathilde hießen, war Cocki der Liebling. Diese auffällig übereinstimmende Bevorzugung hat meiner Ansicht nach erotische Gründe. Seine stämmige Männlichkeit und brutale Zudringlichkeit kommen offenbar den Wunschträumen unserer Küchenfeen am weitesten entgegen. Jedenfalls erbt er, trotz des von der Frau des Hauses erlassenen strengen Verbotes, ein paar Wurstpellen, vielleicht auch einige Schnitten Butterbrot oder ein paar Brotrinden.

Der nächste Weg führt ihn zu meiner Mama, die mit uns lebt. Die alte Dame, wieselhurtig und nie ermüdend trotz ihres biblischen Alters, hatte stets ein weit offenes Herz für alles Junge. Da ihre Kinder sich allmählich mauserten und aus dem Zustand des Trockenlegens und des ersten Schulbesuches herausgewachsen sind, haben die Tiere jenen Ehrenplatz in ihrem Herzen eingenommen, der in jedem Mutterherzen für das schöne Alter der tolpatschigen Jugend und naiven Lausbübereien reserviert bleibt. Wenn ich am Zimmer der Mutter vorbei ins Bad gehe, höre ich immer die gleichen Ansprachen: »Ach Gott — nein, dieser Hunger schon wieder! Und diese Augen! Cocki, geh weg mit deinen Schmutzpfoten — mein armer Junge, hier nimm — da hast du noch was, aber sag's nicht Frauchen — Frauchen schimpft!«

Derweilen ist es schon Zeit zum dritten Frühstück, das traditionsgemäß auf dem Teewagen an Frauchens Bett serviert wird. Unweigerlich erscheint Cocki im Gefolge des Teewagens und nimmt seinen Platz unter ihm ein. Hier zeigen sich die zarten Übergänge in seiner Seele am deutlichsten. Während er mich eben noch liebevoll betatzt und sich vor mir lachend auf dem Rücken gewälzt hat, verwandelt er sich dreißig Sekunden später in ein zähnefletschendes, giftiges Ungeheuer, das seinen Fraß verteidigt. Wenn ich mir meinen Stuhl heranrücke, brüllt er mich in der gröbsten Weise an; und mitunter, wenn er ganz schlechte Laune hat, schnappt er sogar, falls man es wagt, unter den Teewagen zu greifen und ihm die Schnauze zuzuhalten, weil er nicht aufhört zu bellen und man sich auch mal in Ruhe unterhalten möchte. Dann löst sich die Frühstücksgesellschaft auf, und jeder geht an sein Tagewerk. Der Wagen der Verheißung wird weggerollt. Geschieht das nicht sofort, und er bleibt unbeaufsichtigt stehen, so muß man darauf gefaßt sein, daß Cocki mit der Geschwindigkeit eines Taschenspielers die übrigen Brötchen verschwinden läßt. Auch ist er imstande, innerhalb weniger Sekunden den Inhalt einer Aufschnittschüssel einzuatmen. Schafft er nicht alles mit einem einzigen Ruck, so zieht er sich mit dem Rest unter die Kommode in der Halle zurück, die eine seiner Zufluchten ist. Wenn sie mal von Zeit zu Zeit abgerückt wird, weil ihr ein verdächtiger Geruch entquillt, so finden wir dort eine reichhaltige Sammlung von Speiseresten und halbzernagten alten Knochen, die er von Gott weiß woher zusammengetragen hat.

Am späteren Vormittag erfolgt dann der mittägliche Visitationsgang in die Umgebung. Dieser bringt unter Umständen hervorragende Ergebnisse: Nahe dem Bahnhof liegt ein Gartenlokal, das ein Hirschgeweih über der Pforte zeigt und demzufolge auch den Titel ›Zum Hirschen‹ führt. Eines Abends ging ich dorthin, um mir eine Kanne Bier zu holen. Cocki war mitgewatschelt und kam in der Gaststube sofort zur Sache, indem er sich der Reihe nach neben die verschiedenen Gäste setzte und durch den schwärmerisch-leidenden Ausdruck seiner Augen andeutete, daß er in den letzten drei Monaten nichts mehr zu fressen bekommen habe und nunmehr am Rande der Verzweiflung stehe.

»Ach, da ist ja der Cocki!« rief die dicke Wirtin aus.

»Woher kennen Sie ihn denn?« fragte ich.

»Aber den Cocki werden wir doch kennen —!« wurde mir mit Entrüstung geantwortet. »Er kommt doch jeden Tag vorbei und schaut, ob's was gibt. Sehen Sie doch mal nach, Zenzi . . .«, rief sie über die Achsel der drallen Schenkkellnerin zu, »wir müssen da noch so ein paar Kalbsknöchelchen haben!«

Ich fühlte mich daraufhin veranlaßt, eine Runde Schnaps für die Wirtin und mich zu bestellen, was ihrerseits eine erhöhte Vertraulichkeit auslöste.

»Wissen Sie«, sagte sie, »er ist ein so liebes Hunderl und so schlau! Neulich hatten wir Kalbsfilet auf der Speisekarte, wir hatten's im Eisschrank, und die Zenzi hat einen Moment die Tür aufgelassen — und was soll ich Ihnen sagen? Wie wir uns umschauen, geht der Cocki mit dem Kalbsfilet um die Ecke!«

»Um Gottes willen!« sagte ich und rechnete mir schnell aus, was so ein komplettes Kalbsfilet für zehn bis zwölf Personen in Schadenersatz umgerechnet kosten könne. »Ich werde ihm eine Tracht Prügel geben«, erklärte ich, fest entschlossen, es nie zu tun, weil es sowieso zu spät war.

Eine umfangreiche Wirtinnenhand legte sich protestierend auf meinen Ärmel: »Aber geh'ns, Herr Doktor, das werd'n Sie uns doch net antun! Um Gottes willen, nein, wir haben doch so gelacht über das Hunderl und haben's von der Speisekarte abgesetzt . . .« Worauf ich noch eine Runde Schnaps bestellte und mit Hund und Bierkanne möglichst rasch das Weite suchte . . .

Aber außer Liebe und Fressen gibt es noch andere Mächte in Cocki! Das ist zum Beispiel seine Stellung zum Menschen.

Cocki ist — wie gesagt — *das*, was man einen Hundehund nennt! Er geht nicht bei Fuß, er kriecht in den seltensten Fällen ins Bett, und dann nur ganz kurz, wenn ihm mal besonders kalt ist. Er kommt und geht, wann er will. Aber alles, was an Zuneigung und Liebe zum Menschen in ihm ist, hat er allmählich auf ein einziges Wesen konzentriert, und das ist — nach einem anfänglichen Seitensprung mit mir — sein Frauchen! Sie ist die einzige, die mit ihm machen kann, was sie will. Sie kann ihm den schönsten Knochen aus dem Maul nehmen, sie kann ihn am Fell hochheben und wie einen Ball wieder auf die Erde plumpsen lassen, er findet alles großartig und lacht aus voller Kehle, solange es von ihrer Hand kommt. Auch Ohrfeigen und Popohaue nimmt er ohne Knurren hin.

Unter Frauchens Bett ist seine Höhle. Sooft er zu Hause ist, kriecht er, wenn die Tür zum Zimmer geöffnet ist, ohne Säumen unter ihr niedriges Bett. Dort unten wird geschlafen, gedöst, gefressen, und vor allem wird von dort jeder vorübergehende Stiefel, jeder Besen, jedes Bein wütend angefaucht. An Tagen, an denen er schlechter Laune ist, vereitelt sein Gebrüll jede Unterhaltung in Frauchens Zimmer. Manchmal gelingt es, ihn zu überrumpeln, ihm die Schnauze festzuhalten und ihn schnell unter dem Bett hervorzuziehen. Das ist aber immer eine gefährliche Sache, und man muß dabei gefaßt sein, daß man einen seiner mörderischen Bisse abbekommt. Es gibt ein viel einfacheres Mittel, wenn es auch einige Kraftanstrengung erfordert: Man hebt nämlich das Bett an der einen Seite hoch. Sobald sich die Decke über ihm lüftet, verschwindet der Höhlenkomplex, und das zähnefletschende Ungeheuer verwandelt sich sofort in einen zahmen und unansehnlichen Hund, der verlegen hervorkommt und abmarschiert.

Vor allem aber wenn Frauchen krank ist, weicht er nicht von ihrer Seite. Hundertmal am Tage richtet er sich neben ihr auf, legt die Tatzen auf ihre Brust und küßt sie. Muß er aufs Gäßchen, stürmt er bald wieder ins Haus zurück, und man hört ihn im Eiltempo die Treppe heraufrasen, um sich wieder vor dem Bett hinzuwerfen und Frauchen anzuhimmeln. Manchmal springt er auch aufs Bett, obwohl ihm, dem harten Fighter, das weiche Daunenzeug unsympathisch ist, und verdöst dort Stunde um Stunde . . .

Mitunter ist diese Liebe unbequem. Einmal wurde Frauchen im Bad ohnmächtig. Man mußte sie ins Bett tragen. Wie ein Schatten sprang Cocki auf ihre Brust und lag dort, ein zähnefletschendes Ungeheuer, dem sich niemand nähern konnte. Weder Mutter noch Mann noch Arzt bekamen es fertig, sein Vierzig-Pfund-Gewicht von der schweratmenden Kranken fortzuschaffen. Schließlich mußte man ihm eine Decke über den Kopf werfen und den sich wie toll Gebärdenden aus dem Zimmer schleppen . . .

All sein Heldentum und sein kämpferischer Geist fallen jedoch in höchst komischer Weise wie eine angestochene Gummiblase in sich zusammen, sobald sich ein Insekt nähert. Ein harmloser dicker Brummer genügt, um ihn unter den Schreibtisch zu jagen; und gar ein surrender Maikäfer schlägt ihn in panische Flucht.

Sobald aber die ihm begegnenden Tiere größer werden und zum Beispiel die Form einer Eidechse annehmen, schwindet diese Furcht wieder. Unsere schönen grünen Eidechsen, an denen wir uns Jahre hindurch freuten, hat er aus dem Garten vertrieben, indem er nach ihnen jagte. Mäuse und Ratten jagt er erbarmungslos, ebenso Katzen. Er kümmert sich nicht um ihre Krallenhiebe und Bisse, und wehe derjenigen, die sich nicht schnell genug in Sicherheit bringen kann.

Mit Hunden prügelt er sich selten, aber wenn es nicht anders geht, steht er seinen Mann. Einmal allerdings wäre es beinahe um ihn geschehen gewesen: Ein riesiger Boxer kam in unseren Garten, und da wir gewohnt sind, daß Cocki noch andere Spielgefährten mitbringt, achteten wir nicht auf ihn. Gewöhnlich benehmen sich außerdem Hunde auf fremden Grundstücken mit der Zurückhaltung des Gastes. Dieser Boxer aber war offenbar nicht als Gast, sondern mit einer bösen Absicht hereingekommen und stürzte sich sofort auf Cocki. Er packte ihn mit einem kundigen Biß oben ins Genick, hielt ihn in den Fängen und schlug das schwere, hilflose Tier wie einen Lappen auf die Steine des Weges. Das spielte sich völlig lautlos und in Sekundenschnelle ab. Ich schlief gerade und kam zu spät, denn inzwischen hatten sich schon meine Frau und das Mädchen vergeblich bemüht, den rasenden Boxer von seiner Beute loszubringen. Zwei Stöcke waren bereits auf seinem Rükken zerbrochen, und Cocki stieß plötzlich in greller Todesangst einen Schrei aus, den man nie vorher und seitdem niemals wieder von ihm gehört hat. Eine Telegrafenarbeiter, der zu Hilfe eilte, kam schließlich auf den Einfall, einen Eimer Wasser so gegen den Boxer zu schütten, daß ihm der ganze Schwapp in den offenen Schlund geriet und er anfing, zu ersticken. Da endlich ließ er los! Cocki kroch auf allen vieren unter einen Strauch und lag dort wimmernd bis zum Abend. Nichts konnte ihn aus seiner Dekkung hervorzaubern. Es dauerte drei Tage, bis er wieder der alte war, denn anscheinend hatte er innere Verletzungen erlitten ...

Seitdem geht er den Boxern aus dem Weg. Mit allen anderen Hunden ist er gut Freund, besonders mit den großen. Wir treffen ihn mitunter, wie er inmitten streunender Rudel von Schäferhunden und Doggen, krummbeinig und mit wehenden Behängen, schief dahintrabt, offenbar als gleichberechtigtes Mitglied in den Verein der Großen aufgenommen.

Im Straßenverkehr ist er sehr vorsichtig, seitdem er einmal überfahren wurde. Ein schwerer Personenwagen fuhr mit zwei Rädern über ihn hinweg, ohne daß er dabei bemerkenswerten Schaden erlitt. Sein muskelbepackter, geschmeidiger Körper federte offenbar den furchtbaren Druck ab, er wurde zur Seite geschleudert, und außer ein paar Prellungen geschah ihm nichts. Seitdem aber schaut er gewissenhaft nach rechts und nach links, bevor er eine Fahrstraße überquert, und weiß die Geschwindigkeit der Fahrzeuge genau abzuschätzen. Er riskiert nichts und ist auch hier genauso zielbewußt und businesslike wie sonst in seinem Leben.

Und dann kam: Peterchen

Ein silbergrauer hoher Haarpuschel, ein kohlschwarzes Näschen. Rechts und links davon zwei Augen, die man niemals vergißt. Es sind gar nicht die Augen eines Hundes, sondern eher die eines Menschenaffen, aber nicht die von dicken Wülsten verschatteten des Schimpansen, sondern hervorquellend und ein Licht aus der Welt der Elementargeister ausstrahlend. Etwas von der Klugheit eines Pudels ist auch darin und etwas von dem theatralisch-komisch verdrehten Auge eines See-Elefanten. Zu beiden Seiten dieser überaus merkwürdigen und bemerkenswerten Lichter stehen zwei dreieckige schwarze Ohrzipfel ab, die für sich allein ein ganzes Register von Gefühlen ausdrücken können. Man kann sie in jagendem Galopp weit nach hinten an den Kopf legen, kann sie neugierig hochrücken, lauschend aufstellen. Man kann sogar das eine Ohr in Normallage lassen und das andere verknuckelt in die Gegend strecken, um äußerste Ergebenheit oder bescheidenartige Erwartung auszudrücken. Über dem schneeweißen Haifischgebiß ein kleines Seehundsbärtchen und darunter ein ständig verklebter Spitzbart, aus grauen, schwarzen und rötlichen Haaren zusammengedreht, offen gesagt nicht sehr hübsch anzusehen, aber zum Nachdenken anregend, besonders, was die Herkunft des rötlichen Tones anlangt...

Ansonsten haben wir einen hochbeinigen, starken und schlanken Körper, bedeckt mit schwarzem, kurzhaarigem, sehr schön glänzendem Fell und an den Hinterkeulen zwei eisgrau gepuderte, hoch angesetzte Höschen.

Wie alle Wesen mit sehr charakteristischem Äußern kann Peterchen eine weite Skala zur Vorstellung bringen, die beim jammervollen Hinterhofbastard beginnt und bis zum putzigen Schoßhündchen der Dame geht.

Viele Namen führt dieses Peterchen: Affe, Fliegenbein, Orgelmännchen, Fünfzig-Pfennig-Hündchen, Teufelchen. Kein Name und keine Beschreibung jedoch können dieses seltsam herbe Wesen erschöpfen, das sich nach Cockis Einzug zu uns gesellte.

Damals, im späten Herbst seines zweiten Jahres, hatte sich Cocki noch an mich angeschlossen und war noch nicht zum fanatischen Anbeter Frauchens geworden, der er jetzt ist. Daher kam es, daß sich in Frauchens Herz die furchtbare Wunde noch nicht schließen konnte, die Puckchens Tod gerissen hatte. So begann sie nach allen Regeln psychologischer Kriegführung die Vorbereitung auf einen zweiten Hund.

Zunächst wurde mir versichert, wie glücklich man sei, daß Cocki sich zu einem so treuen Gefährten entwickelt habe.

»Wieso«, fragte ich ahnungslos, »er ist doch meist allein unterwegs?«

Er sei eben, wurde mit dem logischen Salto der ewigen Eva erwidert, ein echter Männerhund. Dieses ließ man eine Weile in mich hineinsinken, und dann wurde bedeutungsvoll hinzugefügt, daß natürlich für eine Frau etwas Niedliches, Zärtliches, Anschmiegsames viel geeigneter sei.

In männlicher Instinktlosigkeit diese Unterhaltung rein abstrakt nehmend, legte ich die Feder hin, paffte ein paar tüchtige Züge aus der Pfeife und erklärte: »Ich persönlich hatte ja immer nur einen Schäferhund gewollt – weißt du, einen von der ganz großen Sorte, die wie Löwen sind, stark, wachsam, anhänglich –«

»Das wäre ja schon wieder ein Männerhund, wo du doch *schon* einen hast.«

»Hm . . .«

»Ich meine, du könntest dir ruhig mal überlegen, was *ich* für einen Hund haben müßte.«

»Du?«

»Ja, ich! Soll ich dir einen Cognac geben, ich habe noch etwas zurückgehalten von gestern abend.«

»Cognac wäre nicht schlecht.«

Nach seiner Einverleibung fühlte ich mich verpflichtet, ihre Hundesehnsüchte zu erörtern, natürlich immer noch in der Annahme, daß sie genauso akademisch seien wie meine Schäferhundträume. »Was würdest du dir denn für einen Hund wünschen?«

»Du hast doch selbst immer gesagt, daß die Pudel nicht nur die klügsten Hunde seien, sondern auch die treuesten und anschmiegsamsten.«

»Soso«, sagte ich, »war ich dieser Meinung?«

»Hast du deine Meinung etwa geändert?«

»Ach Gott, weiß du – erstens haben wir ja einen Hund und zweitens – so ein Pudel mit dieser Allongeperücke und dem albernen Quastenschwanz ist eigentlich nur etwas für alte Jungfern.«

»Willst du damit andeuten, daß ich eine alte Jungfer bin?«

»Willst du damit andeuten, daß du dir einen Pudel

anschaffen willst, wo ich dir doch eben erst Cocki geschenkt habe?«

Diesem Frontalangriff wurde zunächst ausgewichen. »Ich würde mir natürlich niemals meinen Pudel (da war er schon!) so albern scheren lassen, sondern à la caniche!«

»Ha?«

»A la caniche ist — weißt du — so mit langen Pluderhöschen und das Fell im ganzen gelassen, nur flach abgeschoren wie ein Persianerlämmchen, süß, sage ich dir! Frau Mttata (Name vergessen) hat eine Pudelzucht und eine ganz besonders schöne Hündin, die sie jetzt belegen lassen will. Sie ist die bezauberndste Kleinpudelin, die man sich vorstellen kann, und so klug und so lieb! Ich habe mir einen Rüden bestellt und schon bezahlt. Du brauchst dich um nichts mehr zu kümmern, das ist meine Sache . . .«

Was hätten Sie, als langjähriger Ehemann, darauf erwidert?

Ich jedenfalls klappte den vor Erstaunen geöffneten Mund nach einer Weile wieder zu und sagte: »Na, da schau — schau!« (Und behaupten Sie jetzt nicht, daß Ihnen etwas Besseres eingefallen wäre — !)

An diesem Abend geruhte Cocki zu Hause zu bleiben und bestand sogar darauf, die Nacht mit mir zu verbringen, indem er sich in den Sessel neben meiner Schlafcouch kringelte und umgehend entschlummerte. Ich kniete mich im Pyjama vor ihm nieder, nahm ihm die Ohrfladen von den Augen, kitzelte ihn am Schnurrbart und erreichte damit, daß ein milchig verschleiertes Löwenauge geöffnet wurde und mich völlig abwesend ansah.

»Hör mal zu, alter Junge«, sagte ich, »Frauchen hat einen Pudel auf der Pfanne, so einen ›Huch nein, das süße Hundchen!‹ weißt du! So mit Quastenschwanz und Schleifchen und Männchenmachen und auf Hinterbeinen tanzen, wenn man ihm Zuckerchen hinhält. Hörst du, Dicker, so einen Leierkastenaffen, so'n kohlschwarzen — wollen wir denn so was, wie?«

Eine schlafheiße Riesentatze wurde mir hingereicht. Ich knudelte sie, er seufzte. »Nein, willst du auch nicht? Gut! Aber, Dicker, kommen tut er, da hilft uns kein Gott, und gegen die Weiber können wir nischt machen! Sage nicht gleich wieder, daß ich ein Schlappschwanz bin — bin nur klug, weißt du . . .«

Ein langer fragender Blick traf mich von unten her: »Ja, du hast es natürlich in dem Punkt viel leichter; aber wir, wir haben ja schon seit Generationen das Heft aus der Hand gegeben und uns einreden lassen, daß es unsere Lebensaufgabe ist, diese armen, gebrechlichen Wesen, die durchschnittlich zehn Jahre länger leben als wir, zu schützen und ihnen jeden Willen zu tun, weil sie sonst, ich weiß nicht was, bekommen . . . Aber daran, Cocki, daran bin *ich* nicht schuld! Daran sind ein paar Milliarden Pantoffelhelden schuld, die vor mir lebten. Also, mit einem Wort: Eher könnte ich mich gegen eine D-Zug-Lokomotive stemmen als gegen den Pudel. Im übrigen, sieh mich nicht dauernd so verachtend an: Du bist ja auch so einer! Ihr habt ja auch, dreißig Mann hoch, zehn geschlagene Nächte vor dem Gitter dieser blödsinnigen Pekinesin gehockt und getan, als ob ihr ohne sie alle krepieren müßtet . . .« Das Löwenauge hatte sich wieder geschlossen, und aus der Brust kamen tiefe, langsame Atemzüge.

Ein paar Wochen lang ereignete sich gar nichts, außer daß der Winter anbrach. Es war ein gründlicher Winter mit klirrendem Frost und tiefem Schnee. Die Baumskelette im Garten bogen sich unter der weißen Wucht. Fiel die schräge Sonne auf sie nieder, flammten Tausende von Diamanten auf, und Cocki pflügte hohe Bugwellen blauweißen Neuschnees vor sich her, wenn er den Garten durchwanderte.

Eines Mittags, während ich an einem Artikel über die Philosophie des atomischen Zeitalters schwitzte und so ganz nebenbei von draußen her den Wagenschlag der heimkehrenden Hausfrau zufallen hörte, war unten ein großes Getuschel. Dann öffnete sich die Tür: Frauchen, ganz beschneit mit schmelzenden Flocken im Pelz, der vorn eine merkwürdige Ausbuchtung aufwies. Ihre Hand fuhr in diese Ausbuchtung und kam wieder daraus hervor, etwas Schwarzes in der Größe einer fetten Ratte im Genick haltend, und setzte es vor mich hin auf den Teppich. Cocki plumpste von der Couch auf die Erde und besah sich dieses rabenschwarze Etwas, das dort mit wackelnden Beinchen stand und sich sofort auf ihn zubewegte.

»Das ist er«, sagte meine Gefährtin. »Er heißt Peter.« Peter unterdessen war unter dem Bauch des völlig verdatterten Cocki angelangt und suchte dort vergeblich nach den mütterlichen Knöpfen. Der kleine Löwe warf mir einen ratlosen Blick zu, dann wich er mit weit auseinandergebogenen Beinen vorsichtig zurück und tippte das schwarze Knäuel mit der Vorderpfote an. Es fiel sofort auf den Rükken und präsentierte einen prallen, kahlen Bauch mit einer winzigen Quaste dran. Cocki beschnüffelte alles ausgiebig mit der Riesennase und sprang dann angewidert auf die Couch zurück. Das verlassene Etwas in der Tiefe versuchte sich kläglich winselnd an der Couch aufzurichten und wurde von Frauchen unterstützt und heraufgehoben.

»Hier, Cocki, das ist dein Brüderchen! Du wirst schon darauf aufpassen und recht lieb zu ihm sein, nicht wahr!«

Peterchen indessen, da er die Knöpfe wiederum nicht finden konnte, entschädigte sich dadurch, daß er Cocki in die Pfoten zwickte. Cocki entwich diesen Albernheiten durch einen Sprung auf den Sessel. Das schwarze kleine Wesen setzte sich daraufhin auf den Popo und stieß ein markerschütterndes Weinen aus. Als es schließlich die Hinterkeulen wieder hob, um auf die Lehne zu klettern, war ein unverkennbarer dunkler Tümpel auf meiner Couch zu sehen.

»Er ist natürlich noch nicht stubenrein«, sagte Frauchen, »das müssen wir ihm schleunigst angewöhnen.«

Wie Peter jedoch alles in seiner Jugend besonders schwerfiel, so auch die Stubenreinheit. Es mag sein, daß der strenge Winter dazu beitrug, jedenfalls zeigte er eine geradezu panische Angst davor, seine Geschäfte im Freien zu erledigen. Warum sollte man es auch, wo es doch so viel gemütlicher war, im schönen warmen Zimmer in die Kniebeuge zu gehen? Eines Abends, als wir ihn wieder einmal bei seiner Lieblingstätigkeit überraschten, erklärte ein Freund, der unsere Teppiche immer besonders geschätzt hatte, melancholisch: »Nunmehr ist auch die letzte Teppichdecke zur Berieselung freigegeben ...«

Nach jedem Klaps und jedem Anschnauzer schlich er sich mit empörten Blicken aus seinen damals noch veilchenblauen Augen von dannen und flüchtete zu seinem großen Bruder.

Die ersten Nächte zwischen den beiden müssen übrigens ziemlich stürmisch gewesen sein. Jedenfalls hörten wir noch bis tief in die Nacht hinein Bewegung aus der Küche. Ab und zu quiekste Peterchen.

»Hoffentlich beißt er ihn nicht tot!« meinte Frauchen angstvoll, als wir uns zu dritt (Mathilde, ihre freundliche Fülle im Schlafrock bändigend, voran) gegen zwei Uhr morgens vor der Küchentür zusammenfanden. Wir horchten — Totenstille. »Wahrscheinlich ist er längst tot —«, neckte ich die beiden Frauen. »Um Gottes willen«, flüsterte Mathilde und öffnete die Küchentür. Ich knipste schnell das Licht an. Der Löwe lag ausgestreckt auf der Seite und zwischen seinen Beinen, das Köpfchen auf seinen Bauch gelegt, Peterchen. Und rund herum unzählige kleine Seen . . .

»Luftaufnahme von Finnland«, sagte ich und schloß grinsend die Tür.

Und dann kamen für Peterchen täglich neue Erlebnisse, wunderbare und schreckliche. Da kam der Onkel Doktor mit der Spritze, um ihm eine Ladung Anti-Staupe-Serum zu verpassen. Vor Peters Geschrei flüchtete der ganze Haushalt, hielt sich die Ohren zu und kam erst wieder zu sich, als er längst damit beschäftigt war, einen Schlüpfer von Mathilde aus dem Wäschekorb zu zerren . . .

Wenige Wochen später, als draußen schon der Schnee verschwand und sich die Bäume im Frühlingssturm bogen, kam die schlimmste Krise seines Lebens: aus der Küche hörten wir ein eigentümliches Geschrei. Es war nicht vollhalsbrüllend wie sonst, sondern seltsam unterdrückt, undeutlich. Wir hörten Mathilde lachen, und dann kam die kleine schwarze Kugel aus der Küche gerollt und warf sich mit den gleichen, entsetzlichen und undeutlichen Jammerlauten vor Frauchens Füße. Aus seinem Maul quollen immer neue Schaumblasen, die bald sein ganzes Köpfchen einhüllten; er fiel auf die Seite und wimmerte pausenlos. Alles war um ihn bemüht.

»Mathilde«, rief Frauchen, »kommen Sie her, was ist denn nur passiert?«

Mathilde grinste verlegen und trocknete sich die Hände an der Schürze ab: »Passiert? Och, nichts, er hat sich, glaube ich, verbrannt, weil er das heiße Fett leckte, das aus dem Grill tropft . . .«

Ich kauerte mich auf den Boden, wir sperrten ihm vorsichtig den Schnabel auf und sahen eine grausam verbrannte kleine Zunge und Gaumen. Nun bekam es auch Mathilde mit der Angst zu tun, schlug die Hand vor den Mund und stotterte: »Achgottachgottachgottachgott, das ist doch nicht etwa schlimm?«

»Er kann dran sterben«, sagte Frauchen und hielt die Tränen zurück, »Sie müssen besser aufpassen, Mathilde!« Und zu mir: »Bitte ruf doch rasch den Arzt an!« Und dann, das kleine wimmernde Bündel an ihr Herz drükkend: »Mein Kleines, mein armes Kleines, solche Schmerzen, und nichts sagen können!« Nun liefen ihr die Tränen übers Gesicht. Ich fluchte am Telefon, weil die Verbindung nicht zustande kam.

Die nächsten Tage waren ausgefüllt durch den gemeinsamen Kampf um Peterchens Leben. Er fraß nichts, er trank nichts, er wurde immer matter, der ganze Körper war fiebergeschüttelt, und er kroch nur unter den warmen Heizkörpern herum. Der Onkel Doktor kam wieder und wieder und machte ein besorgtes Gesicht. Auf der Zunge und in der Rachenhöhle hatten sich große Brandblasen gebildet, die aufplatzten und furchtbare Wundflächen hinterließen. Alle Stunde mußte ihm das Mäulchen ausgewaschen werden, mußte man ihm kühle Milch und Honig einflößen, und nur ganz allmählich überwand er die Verletzungen und begann wieder, in der Wohnung herumzutaumeln.

Aber nach drei Wochen war auch diese Krise überwunden, und da warf ich zum erstenmal eine Frage auf, die zur zweiten Krise seines Lebens führen sollte: »Sag mal«, fragte ich meine Gefährtin, »er ist doch ein Pudel?«

»Na und?« Es klang unsicher, herausfordernd.

»Ich meine nur so —. Wann pflegen sich eigentlich bei jungen Pudeln die Haare zu kräuseln?«

»Na siehst du nicht, dort fangen sie doch schon an«, und sie zeigte dabei auf eine einsame Locke, die sich auf Peterchens Kopf wölbte.

»Hat uns die Züchterin eigentlich schon den Stammbaum geschickt?« bohrte ich weiter.

»Nein, sie hat es sicher vergessen. Ich werde gleich mal anrufen!«

Ein weiterer Monat verging. Die Aprilregen waren vorbei, und der Garten verschwendete sich in tausend Blüten. Maikäfer schwirrten durch die Gegend, vor denen sich Peterchen, dem Beispiel seines großen Bruders folgend, unter die Büsche verkroch. Die Züchterin, wegen des Stammbaums erinnert, machte seltsame Ausflüchte am Telefon, und so bestiegen wir eines Tages Muckelchen, das Familienauto, und fuhren zu ihr hinaus. Da legte sie ein Geständnis ab: am Tage vor der offiziellen Hochzeit hatte ein uralter, blinder Foxl-Opa seinen Weg zur Pudelhündin gefunden und war dem auserwählten Pudelrüden zuvorgekommen. ». . . und deshalb«, sagte die Züchterin, »habe ich schon alle anderen Welpen zurückbekommen. Es ist mir furchtbar peinlich, aber der Kaufpreis steht Ihnen selbstverständlich zur Verfügung. Lassen Sie den Hund gleich hier.«

»Und, was machen Sie mit ihm?«

»Ich lasse ihn natürlich töten! Er merkt gar nichts«, fügte sie hinzu, als sie unsere entsetzten Gesichter sah.

Wir sprangen zu gleicher Zeit auf: »*Was,* unser Peterchen töten? Kommt ja gar nicht in Frage! Der Teufel soll alle Stammbäume der Welt holen!« Und wir packten ihn und verließen fluchtartig die Stätte der Gefahr.

Von da ab gaben wir es auf, das Kräuseln der Haare zu erwarten. Peterchen derweilen wuchs und gedieh ungeachtet aller rassischen Probleme. Sein Leben entwickelte sich völlig im Schatten des Löwen, der ihn zu seinem bedingungslosen Sklaven und Anbeter gemacht hatte und ihn mit brummiger Freundlichkeit um sich duldete. Wenn er eine Maulwurfsfamilie ausgrub, durfte Peter jetzt schon assistieren, indem er hinter ihm die Erde wegschaffte. Er durfte auch manchmal, wenn der Trichter ausgeräumt war, hineinriechen. Er war jetzt stubenrein und konnte auch schon das Beinchenheben, was er pünktlich überall dort tat, wo Cocki diese kultische Handlung vollzog.

Seine äußere Erscheinung ließ allerdings noch zu wünschen übrig. Der Bauch blieb bejammernswert kahl, worauf ich ihn das ›Fünfzig-Pfennig-Hündchen‹ taufte und erklärte, für diesen Preis könne man eben nicht mehr verlangen, und es sei wie beim Volkswagen, wo zugunsten der beweglichen Teile an der äußeren Ausstattung gespart werde. Die Beinchen, die sich jetzt mächtig streckten, blieben dünn und ohne jeden Behang, was ihm auch den nicht gern gehörten Beinamen ›Fliegenbein‹ eintrug. Dafür begann sich die hohe Pudelstirn mit einem Gelock zu bedecken. Auch an den Hinterschenkeln, wo er eine bescheidene Andeutung von Höschen entwickelte, zeigten sich diese eisengrauen Töne.

Die Augen waren inzwischen braun geworden und nahmen jenen seltsamen, rührenden Ausdruck an, der ihm bis auf den heutigen Tag aller Herzen gewonnen hat. Meist liegt unendliche Trauer in ihnen, manchmal aber können sie geradezu visionär strahlen. Das ist oft abends der Fall, wenn wir mit den Hunden beim Radio sitzen, in der kleinen Lichtinsel, die die Stehlampe wirft. Dann kann er sich plötzlich aufrichten und über unsere Köpfe hinweg in irgendeine dunkle Ecke starren, als sähe er dort einen Elementargeist sich bewegen oder den Schatten eines Verstorbenen. Es läuft mir regelmäßig kalt über den Rücken, wenn ich diesen Blick sehe, und unwillkürlich drehe ich mich in seine Blickrichtung . . .

»Siehst du ihn?« frage ich Peter flüsternd; »was erzählt er dir über uns Menschen?«

Irgendwie scheint dauernd eine Schicksalsangst über ihm zu liegen, und wir können uns nicht erklären, woher sie kommt, denn er war doch immer nur in unserer Hand und ist stets aufs liebevollste behandelt worden. Aber er sieht sich ständig bedroht und weicht Menschen und Tieren aus. Wenn Cocki und andere Hunde, ›furchtbar böse‹ spielend, den Zaun auf und ab rasen, bleibt er stehen und sieht mich an, als wolle er sagen: »Na, was sagst du zu diesen blöden Kerlen . . .?« Vor dem Angriff so großer Hunde flüchtet er windschnell und zitternd, nur mit einer Ausnahme:

Ich habe es viele Male erlebt, daß er sich, wenn Cocki von einem größeren Hunde angefallen wurde, vor Angst schlotternd, aber nichtsdestoweniger ohne Zögern, auf den großen Hund stürzte und ihn in Schwanz und Hinterkeulen biß, so daß der kleine Löwe Luft bekam und entfliehen konnte. Dieses, das Überwinden der eigenen Todesangst aus Liebe zu einem anderen Wesen, ist für mich das wahre Heldentum. Die robusten Kerle, mit Nerven wie Schiffstaue, die sich gar nichts dabei denken, wenn sie sich raufen, sind keine Helden. »Ein Held ist — wer es trotzdem tut!« Und deshalb ist Peter in meinen Augen ein wahrer Held!

Peters Spiel ist voller Einfälle und meisterhaft, und der Ball ist ebenso beliebt wie das Stöckchen. Mit katzenhaften Bewegungen schlägt er den Ball mit den schlanken, sehnigen Pfoten so geschickt vor sich her, daß man tatsächlich manchmal die Vision einer huschenden Maus hat.

Diese hinreißende Begeisterung für das Spiel bringt sogar manchmal den Löwen in Wallung, der sonst für alles nicht freßbare Spielzeug tiefste Verachtung zeigt. Dann furcht er die Stirn, reißt Peter den Ball weg und schleppt ihn ins Haus unter die Kommode.

Die Kommode in der Diele ist aber auch Peterchens Zuflucht. Wenn Herrchen und Frauchen schimpfen oder wenn es gar einmal für Cocki Hiebe setzt, schießt er wie ein Blitz — obwohl keineswegs betroffen, denn er wird fast niemals bestraft — in diese Höhle. Wenn Cocki seine Senge hinter sich hat, kriecht auch er unter die Kommode, und in diesem Fall macht ihm Peter nicht Platz, offenbar, weil ihm der große Bruder, frisch verbimst, in diesem Augenblick nicht gerade als Inbegriff der Überlegenheit erscheint.

Dann sieht man auf der einen Seite Peterchens dünne schwarze Pfoten, auf der anderen Cockis dicke Tatzen hervorragen. Dazwischen liegen die üblichen alten Kochen, die man sich als Andenken von der letzten Müllkastentour mitgebracht hat.

Peters ganzes Glück ist der Garten. Wenn er seinen großen Bruder nicht gerade auf der Brautschau begleitet, kehrt er von den gemeinsamen Ausflügen immer schon früher zurück, nur um bald wieder in seinem geliebten Gefilde zu sein. Mit unzweifelhaftem Genuß bettet er sich in die Blumenwildnis, liegt dort, das Köpfchen erhoben, aus den braunen Affenaugen um sich blickend, in den Himmel starrend, ab und zu nach einer Fliege schnappend. Oder er streicht geruhsam durch sein kleines Reich, sieht sich, wie ein Gärtner, jede Pflanze an, schnuppert lange an der Stelle, wo eben noch das Eichhörnchen die Haselnuß in den Pfoten drehte, scheucht eine dicke Krähe weg, die sich schimpfend auf den nächsten Baum flüchtet; und dann läßt er sich als Wächter auf der sonnenwarmen Treppe nieder, die Pfoten malerisch über die Stufen gehängt, und ›besitzt‹ das alles im wahrsten Sinne des Wortes.

Peter ist bei weitem der klügste und eigenartigste der Hundesöhne. Bei aller Folgsamkeit gegenüber Cocki und Höflichkeit gegenüber dem Menschen hält er sich im Grunde völlig zurück. Er lebt sein eigenes, verschlossenes, tragisch umwittertes Leben, dessen wirkliche Tiefen man niemals ganz ausloten wird.

Einmal versuchte ich dieses Leben zu ergründen. Es war an einem Winterabend, als er im zweiten Jahr in unserm Haus lebte. Ich saß am Schreibtisch, der Rauch meiner Zigarre wölkte blau über die Tischplatte und zog sich in langen, zähen Fäden durch die Lichtbahn der Lampe. Aus dem Sessel neben dem Bücherschrank hörte ich Cockis wohliges Pusten und Schlapfen. Der Wind ging in einem gleichmäßigen Brausen um das Haus. Auf der Couch hatte sich Peterchen angesiedelt. Ich hatte lange über ihn nachgedacht. Jetzt dreht ich die Lampe nach ihm. Er richtete sich auf, während seine Augen in höllengrünen Reflexen spiegelten. Er hob die eine Pfote in Abwehr. Ich stand auf und trat zu ihm:

»Schon wieder Angst, Peterchen? Es tut dir doch niemand was!« Und dann setzte ich mich zu ihm nieder, nahm das kleine Affenköpfchen mit dem ewig nassen Bart in meine Hände und starrte in seine offenen Augen, die mich nun wie zwei Bernsteinkugeln anblickten. Erst suchte er mir den Kopf zu entziehen, aber ich ließ nicht nach. So wurde er ruhig, während mein Blick immer tiefer in seine Augen drang. Und ich ließ mich mit diesem Blick in seine Seele sinken.

Und nun bin ich – Peter! Ich habe lange, schwarzbehaarte Beine, mein Blut wird wärmer, mit einem Ruck springen meine ganzen Sinne auf eine höhere Stufe der

Empfindlichkeit, mein Leben wird schneller und intensiver, siebenmal schneller, siebenmal intensiver. Ich spüre den rauhen Stoff der Couch, auf dem ich liege. Ich fühle die große Mulde, in der es teils nach Herrchen, teils nach Cocki, teils nach mir selbst riecht. Der Mächtige hält meinen Kopf, ich bin ganz in seinen Händen, die mich weich und kühl umschließen. Ich spüre die ungeheure Kraft in diesen Händen und in den Armen dahinter, die über mir aufsteigen und sich dann über die Schultern hinaufschwingen zu seinem Gesicht, aus dem seine hellen Augen hinter den dikken Brillengläsern in mich dringen. Der Mächtige — man darf ihn nicht erzürnen, aber man soll sich ihm möglichst fernhalten, ihm und den anderen Mächtigen. Ich wenigstens muß es tun, denn mein Leben ist bedroht. Das sagt mir die Stimme, die bei mir war seit dem ersten Tage und die von der Mutter kam . . .

Draußen geht der Wind durch die Bäume. Unter dem Himmel lauert der Frost und will mich beißen. Ich friere so leicht, und ich kann auch nicht lange draußen bleiben. Der Winterdämon ist gekommen und hat meinen Garten verzaubert, meine Blumen getötet, meine Zweige kahl gemacht. Wie gut, daß ich diese warme Höhle hier habe und daß die Mächtigen ihr Fressen mit mir teilen. Ich würde nie mein Fressen mit jemandem teilen, ich darf es ja nicht, sonst sterbe ich . . . Sie sind seltsam, die Mächtigen. Sie schlucken Rauch, sie ziehen sich ihr Fell herunter, wenn sie schlafen gehen. Wenn sie durch die Zimmer wandern, zittert der Boden. Sie haben vor nichts Furcht. Manchmal kommt etwas von ihnen zu mir, eine warme Welle, ich spüre, daß sie mich lieben, und dann ist es mir, als läge ich zwischen den Pfoten meiner Mutter, und ihre heiße Zunge fühle ich auf meinem Fell. Dann überlasse ich mich ihnen ganz, aber ich darf es nicht lange tun, sonst wird man verschlungen und findet nie mehr zurück ... Man muß sich losreißen und wieder achtgeben, immer muß man achtgeben! Man darf nicht vergessen, daß sie in einer ganz anderen Welt leben.

Wenn ich zum Beispiel draußen einen wundervollen Duft finde und mich hinwerfe und meinen ganzen Körper darin bade und fröhlich nach Hause komme und glaube, auch sie, die Mächtigen, werden entzückt sein, dann gibt es gleich oben über mir, zwischen ihren Köpfen hin und her, ein Geschrei, und ihre Hände kommen aus der Höhe zu mir und greifen mich. Es sind unfreundliche, harte Hände dieses Mal! Sie heben mich in das Weiße, Glatte, und dann ergießt sich heißes Wasser über meinen Körper, und zwischen ihren Händen quillt weißer Schaum auf, der furchtbar stinkt. Und sie umhüllen mich damit. Wissen sie denn nicht, daß meine Nase mein halbes Leben ist und daß ich an dem Leiden dieser Nase fast eingehe, daß ich mein ganzes Leben verliere und nur noch schlotternde Nässe und Grauen vor dem Gestank bin? Hinterher gibt es dann ein süßes Plätzchen, einen von diesen mageren Happen, die ohne Fleisch sind, aber gut schmecken. Ich nehme es — aus Prinzip —, aber mit Vorbehalt, denn der scheußliche Geruch wandert mit mir.

Ich laufe zu meinem Bruder Cocki, um mich bei ihm zu beklagen. Aber selbst er, der Starke, hat sich schnell verkrochen, als sie dies mit mir taten. Und jetzt weicht er vor mir zurück, zieht die Nase kraus, weil mein Geruch ihn peinigt.

Mein Bruder Cocki ist das Beste in dieser ganzen Welt, die so beängstigend voll unerklärlicher Gerüche, Strahlen, Laute und Schatten ist. Cocki ist stark, und seine Welt ist geordnet. Man muß auch ihn fürchten, aber man kommt gut mit ihm aus, wenn man ihm nachgibt und schmeichelt.

Wenn ihn zum Beispiel das Weiblich-Mächtige in dem großen schwarzen Kasten mit den Rädern mit in die Stadt genommen hat, und er kommt zu mir zurück, dann falle ich ihm um den Hals und küsse ihn. Er wehrt mich brummig ab, aber ich weiß, daß er es im Grunde doch gern hat. Wenn ich draußen mit ihm in der Freiheit herumlaufe, habe ich selten Angst. Er nimmt es fast mit jedem Feind auf und beschützt mich. Er ist nicht so schnell wie ich, aber er riecht besser, und er weiß viel mehr von den Tieren über und unter der Erde. Nachts, wenn wir zusammen schlafen, stecke ich manchmal den Kopf aus der Decke, in die man mich gewickelt hat, und horche auf sein Atmen. Er wacht niemals lange Nachtstunden wie ich und horcht nicht, wie es im Hause knackt und wie draußen der Wind geht und wie ganz von fern ein anderer Hund seine Sehnsucht in die Finsternis schreit. Die Aura seiner schlafenden Seele steht ganz ruhig über ihm. Jetzt geht ein Traumbild hindurch: Irgendein Tier rennt vor ihm her, ich kann es nicht deutlich erkennen, es ist auch nicht nötig, er ist bei mir, und er hält die Furcht des Lebens in den Winkeln gebannt durch seine Gegenwart.

Da werde ich wieder müde, so schön müde. Und ich träume, daß ich stark bin wie er und nichts zu fürchten brauche. Ich träume . . .

Und ich, der Mensch, erwache aus dem Traum.

In meinen Händen halte ich den kleinen schwarzgrauen Hundekopf, die Augen darin sind geschlossen. Er atmet ruhig weiter . . . Leise bette ich ihn auf die schlanken Läufe, stehe auf, setze mich wieder an den Schreibtisch. Mir ist kalt. Wo war ich, Peterchen . . .?

Und dann kam schließlich: Weffi

Mit seiner Ankunft begann ein ganz neuer Abschnitt in unserem Leben mit Hunden. Bisher war es sozusagen statisch ausgeglichen. Cocki und Peterchen waren völlig zu einem rührend unzertrennlichen Paar geworden, das in sich eine Gemeinschaft bildete und uns nur insoweit in Anspruch nahm, als es unbedingt notwendig war und seinen Zwecken diente.

Mit dem Eintritt Weffis in diesen magischen Kreis änderte sich alles, und es kam eine ausgesprochen dramatische Note in ihr Dasein und auch in unseres!

Doch zunächst will ich erzählen, wie das alles begann:

Es waren noch nicht drei Jahre seit der Ankunft Peterchens verflossen, als ich einmal unsern Hausarzt aufsuchen mußte. Er lebt auch am äußeren Rande der Stadt, aber in entgegengesetzter Richtung, und bewohnt dort ein kleines, modernes Einfamilienhaus mit einem ebenso kleinen Garten voller Blumen und sogar mit einigen jungen Obstbäumen darin. Er selbst ist ein fester, runder Mann mit einem Kugelschädel, der sehr viel Klugheit und darüber hinaus sogar Weisheit enthält. In kurzer Zeit hat er sich eine glänzend eingerichtete Praxis erarbeitet, einen schönen neuen Wagen angeschafft und dazu noch alle möglichen Spielereien auf dem Radiogebiet. Trotzdem hat dieses schnelle und erfolgreiche Geldverdienen nichts Hastiges an sich, und es läßt ihm durchaus noch Zeit, freundlich auf Menschen und Dinge zu sehen. Der große, schwere Mann hat eine kleine, zarte und mädchenhafte Frau, die auch approbierte Ärztin ist, aber sich völlig dem Manne untergeordnet hat und nur als bescheidene Gehilfin in Erscheinung tritt.

Wenn Dr. Nebelthau uns besuchte, saßen wir gern noch nach der Untersuchung ein halbes Stündchen schwatzend beieinander, tranken einen guten Tropfen, und er spielte mit Cocki und Peter, die sich von seinen magnetischen Heilhänden gern anfassen ließen.

An diesem Tage nun, als ich zu ihm hinausfuhr, um mich untersuchen zu lassen, und an der weißgestrichenen, niedrigen Gartentür läutete, kam nicht wie üblich er selbst oder seine Frau, sondern die Haustür öffnete sich nur einen Spalt, und heraus schoß mit blechernem »Weff-Weff« der schönste Drahthaarfoxl, den ich in meinem Leben gesehen habe. Er war kleiner als mein unvergeßlicher Puck, auch nicht schneeweiß, sondern mit starken braunen und schwarzen Einschüssen, aber er war in der Gestalt und den Bewegungen einfach vollendet, wie aus einem Zwingerkatalog geschnitten. Ein schmaler Körper, dicke Fellhöschen hinten, ebenso dicke steife Beinchen vorn und ein mächtiger Kastenbart, aus dem zwei freche braune Augen hervorblitzten. Der Kopf in der Grundfarbe weiß, ganz sanft mit Braun überwachsen, Beine und Rumpf weiß, auf dem Rücken ein großer braunschwarzer Sattel. Ich ging nicht ins Haus, sondern setzte mich auf den Rasen.

»Komm mal her, du geliebtes kleines Holzpferdchen!« sagte ich. Holzpferdchen sagte einmal »weff« und schleppte dann in Windeseile einen Ball herbei, den es mir vor die Füße warf. Meine ganze Zeit mit Puckchen wurde in mir wach. Ich sah mich wieder die Tennisplätze umschleichen und Seite an Seite mit ihm bettelnd vor dem Gitter stehen, bis uns jemand einen gebrauchten Ball schenkte (manchmal — o Schande! — nahmen wir auch neue, die herüberflogen, und rückten damit aus!).

Als ich den Ball nun nahm, wollte er ihn mir ungeduldig aus der Hand reißen, das aber — ich wußte es genau — war nur eine Finte. Man will mir den Ball gar nicht wegnehmen, ich soll ihn werfen, aber schnell, denn Foxl haben keine Zeit und sind überaus beschäftigte kleine Jungen. Ich aber hielt den Ball fest und fing mir das kleine Gebäude ein. Was für ein prachtvolles weißes Raubtiergebiß! Die ganze lange Schnauze bis hinten hin voller Zähne, vorn die gefährlich aussehenden beiden Reißzähne, dazwischen die kleinen Schneidezähne, ebenso weiß wie eine Perlenkette. In Kiefer und Rachen das vorschriftsmäßige Pigment. Das ganze Wesen strahlte hohe, etwas dekadente Rasse aus.

»Na, gefällt er Ihnen?« hörte ich die Stimme des Arztes hinter mir.

»Blendend schön! Wenn ich nicht schon meine beiden Strolche hätte, würde ich ihn sofort nehmen.«

»Glaube ich, aber Sie würden ihn nicht bekommen, mein Lieber! Den gebe ich niemals her.«

»Er erinnert mich so an mein Puckchen ... Ich hätte doch einen Drahthaarfox nehmen sollen; es sind richtige Menschenhunde, und keine Rasse spielt so niedlich wie sie. Rauft er sich auch so? Das war bei meinem Puck die ewige Angst.«

»Nein, er ist ganz friedlich. Aber laut! Das ist aber auch

nicht schlimm, denn meine Frau ist viel allein, und er bringt wenigstens Leben in die Bude.«

»Wie heißt er denn?«

»Puck.«

»Puck . . .«, sagte ich und griff nach ihm, »süßer kleiner Puck!« Und im Innern bat ich dem Unvergeßlichen ab, daß ich einen anderen Puck so schön fand. Er indessen schien das als eine Aufforderung aufzufassen, denn er ließ den Ball fallen; plötzlich hatte ich das kleine, leichte Tier auf meinem Schoß, zwei kleine Fellärmchen legten sich um meinen Hals, und eine kleine knallrote Zunge polierte meine Nase.

»Wie alt ist er denn?«

»Ein halbes Jahr.«

Dann trennten wir uns schweren Herzens.

Ein halbes Jahr später brachte ihn Dr. Nebelthau mit auf Besuch. Puck war nun ausgewachsen und etwas größer und kräftiger geworden. Als ich wieder mit ihm spielte, überfiel mich erneut die alte Wehmut und das Bedauern, dieses bezaubernde Geschöpf nicht besitzen zu können. Puck warf meinen Papierkorb um und zerfetzte den Inhalt im Akkord, daß das Zimmer aussah, als habe es geschneit. Draußen tobte das eifersüchtige Gespann Cocki-Peter gegen die Tür, kläffte und knurrte mit der besten Absicht, den Eindringling sofort zu zerreißen. — Puck trabte steifbeinig gegen die Tür, legte den Kastenkopf schief und stieß seinerseits ein langes Knurren aus. Dann drehte er um, sprang mir auf den Schoß, gab mir einen Kuß und sah sich noch einmal verächtlich nach dem Getöse vor der Tür um: »Blöde Gesellschaft, nicht?« Dr. Nebelthau flüsterte derweilen mit meiner Gefährtin im Nebenzimmer. Als er weg war, sagte sie:

»Übrigens, bei Nebelthaus wird in diesen Tagen etwas

Kleines kommen! Während der kritischen Zeit will er Puck wahrscheinlich in den Zwinger zurückgeben.«

»Schade«, meinte ich, »daß wir ihn nicht derweilen nehmen können; aber erstens würden ihn die beiden anderen umbringen, und zweitens würden wir uns, glaube ich, noch mehr in ihn verlieben, und das wäre wiederum ein Unrecht gegen unsere beiden Strolche.«

Und abermals verging ein halbes Jahr. Es war gerade wieder Frühling. Da warf mich eine Krankheit nieder, eine jener tückischen Gallenaffären, die ihren Ausgangspunkt im Seelischen haben.

Das schlimmste war, daß man mich nicht genug bedauerte. Meine Hunde waren fast immer ›auf Fahrt‹. Die ersten Tage hatte mir wenigstens Peterchen Gesellschaft geleistet, während der Dicke nur dann erschien, wenn der Teewagen an mein Bett gerollt wurde. Da man aber vorwiegend Haferschleimsuppe servierte, folgte er sehr bald nicht einmal mehr dem Teewagen und holte Peter obendrein einen Tag später zu einer neuen Braut ab.

Also auch von diesen, meinen letzten Freunden verlassen . . . Da, auf diesem Tiefpunkt meiner Stimmung, tat sich die Tür auf, nur für einen Moment wurde eine Hand sichtbar und schob etwas Weißes ins Zimmer, etwas schmales Weißes mit großem Kastenbart, das sofort auf mein Bett flog und mich umarmte und küßte. Pucki!

Ich erwiderte seine Liebkosungen, und schließlich legte er sich neben mich aufs Kopfkissen, die dicken steifen Beinchen starr in die Luft gereckt, während ich ihm seinen rosa dunkelgefleckten Kinderbauch streichelte.

»Siehst du«, sagte ich zu meiner Gefährtin, die inzwischen hereingekommen war, »niemand kümmert sich um mich, ein fremder Hund muß kommen . . .«

»Es ist kein fremder Hund, ich habe ihn gekauft und schenke ihn dir!«

Ein Gallenleiden ist ja eine merkwürdige Geschichte, wenn es nervöse Ursachen hat: Ich saß jedenfalls sofort aufrecht und fühlte gar nichts mehr. Mit Ausnahme eines großen unfaßbaren Glückes.

»Du bist ja verrückt«, stammelte ich, »drei Hunde, wie stellst du dir das vor?«

»Ich stelle mir das ganz reizend vor! Es wird schon irgendwie gehen . . .«

Noch ganz benommen, starrte ich auf die kleinen Pfoten, die mir in seliger Geborgenheit entgegenragten. Sie hatten rosa Zehen, und die fünf Polster waren genau wie bei meinem ersten Pucki meist abgelaufen, so daß die rosa Farbe darunter zum Vorschein kam. Dann hob ich das kleine Gebäude hoch und stellte es auf den Teppich. Es war wunderschön, aber merkwürdig schwach auf der Hinterhand und federleicht.

»Ja — wieso — ich verstehe das alles noch gar nicht! Wo kommt er denn her — haben Doktors . . .«

»Ich habe ihn soeben direkt aus dem Zwinger abgeholt. Nebelthaus hatten ihn sich, als das Kind da war, wieder nach Hause genommen; aber es ging nicht. Der Kleine fängt jetzt an zu krabbeln, quält den Puck und steckt sich vor allem, wenn er unbeobachtet ist, seinen Schwanz in den Mund. Das arme Puckchen hat viel aushalten müssen, er war so eifersüchtig, und das Baby ging natürlich vor. So fühlte er sich immer zurückgesetzt. Schließlich mußte er wieder für eine Zeit in den Zwinger zurück, und man entschloß sich endlich, ihn schweren Herzens zum Verkauf anzubieten. Zufällig erinnerte sich Dr. Nebelthau, daß du ihn so gern haben wolltest, und — da habe ich ihn gekauft. Er soll dein Hund sein, dein eigener, verstehst du?«

Ich verstand.

In meinem ganzen Leben hatte ich mich weder so schnell von einer Gallengeschichte erholt noch mich je so schnell angezogen.

Dann gab es im Oberstock nochmals große Begrüßung des neuen Hausgenossen durch Mama und Mathilde. Beide mußten zugeben, daß er ›einfach süß‹ sei, aber sie taten es mit Vorbehalten. Mathilde, die enthusiastische Anbeterin ›ihres Cocki‹, fand offenbar in ihrem Herzen keinen Raum mehr für dieses neue Geschöpf, während die Mama, hartgeprüft durch das stürmische Auf und Ab im Leben zweier unruhiger Kinder, in dem Neuankömmling eine Mehrbelastung gerade in dem Augenblick sah, wo ›man doch ziemlich schieflag‹. Außerdem beherrschte sie die bange Frage: »Wer weiß, ob sie sich vertragen (die drei Hunde, meinte sie!)?«

» . . . und wer weiß, ob er nicht die Staupe kriegt?«

» . . . und wer weiß, ob — und ob — und ob . . .«

— und in diesem Augenblick bohrte Pucki das Köpfchen zwischen ihre Beine und wollte gekrault sein.

»Na, dann komm mal mit«, sagte sie und führte ihn in ihr Zimmer, das immer nach Lavendel riecht und wo die Fotos und die Artikel Herrchens seit den frühesten Tagen aufgehoben sind, wo Mamas einzige kleine Schwäche, die Likörflasche, steht und wo es vor allem Schokolade und Keks für die kleinen Jungen gibt. Sie brach ein kleines Stück Schokolade ab, legte einen Keks dazu und setzte sich damit auf ihren Diwan.

Pucki machte weder Männchen wie Peter noch tatzte er brutal wie Cocki, er war wie ein Schatten auf ihrem Schoß und nahm dann ganz vorsichtig, was ihre Hand ihm gab.

Er schlang die Schokolade auch nicht, wie die beiden anderen, mit einem einzigen Ruck herunter, sondern kaute ungeheuer umständlich und bedächtig daran herum. Hinterher legte er Mama die Arme um den Hals, gab ihr ebenso sanft ein Küßchen hinters Ohr, sprang hinunter und kam zu uns. Er hoppelte an uns empor, sah uns mit unternehmungslustigen Augen an, wedelte mit dem steifen Krummschwänzchen und gab zu verstehen: So, nun wollen wir mal weitersehen!

»Süß ist er ja«, hörten wir die Mama sagen, als wir die Treppe hinunter ins Erdgeschoß stiegen, Puck immer dicht an meinen Fersen.

Unten gab es ungeheuer viel zu entdecken. Besonders interessierten ihn die Spuren seiner künftigen Kameraden, die sich noch irgendwo auf der Straße herumtrieben. Zunächst steuerte er auf Cockis Schatzkammer unter der Kommode zu. Er verschwand mit dem Vorderteil darunter, während sein Hinterteil mit den Fellhöschen und dem aufgebogenen Schwänzchen in die Höhe ragte. Eine Weile sortierte er die Knochensammlung, dann kam er tief erschüttert und mit verwüstetem Bart wieder ans Tageslicht und nieste ein paarmal so kräftig, daß ihm die Vorderbeine unter dem Körper wegflogen. Es hatte ihm da unten ganz offensichtlich nicht gefallen, und es zeigte sich auch in der Folgezeit, daß er niemals, wie die beiden anderen, Verfaultes oder nicht mehr ganz Einwandfreies fraß.

Dann ging er steifbeinig ins Eßzimmer und saugte dort mit der Nase den Teppich ab. Am gründlichsten die Stellen, an denen unsere beiden anderen Hundesöhne während der Mahlzeiten saßen. Er richtete sich auch einmal auf und versuchte mit dem kleinen Struppelgesicht auf den Tisch zu sehen. Es ging nicht ganz. Dann aber wurde er über den Stellen des Teppichs völlig tiefsinnig, wo sich aus Peterchens längst verklungenen Jugendtagen gewisse dunkle Flecken erhalten hatten. Über einem dieser Geruchsgespenster machte er sogar Miene, das Bein zu heben, und konnte nur durch ein energisches »Wirst du wohl!« in letzter Sekunde daran gehindert werden.

»So, nun sieh dir auch mal mein Zimmer an«, sagte Mathilde. Pucki tat dies mit der ergebenen Ritterlichkeit, die der echte Kavalier gegenüber den unvernünftigen Wünschen der Frau zeigt. Die Besichtigung fiel sehr oberflächlich aus, bis Pucki in der Ecke, in der Mathildes Koffer stand — und auf dem Koffer ein Paket — plötzlich wie rasend wurde. Er stand und stand vor dem Paket, sah uns alle an, wuffte ein wenig und kratzte dann an dem Papier herum.

»Du, du!« rief Mathilde und stürzte hinzu, »laß das mal sein!«

Aber es war schon zu spät. Der Karton kam ins Wanken, fiel auf die Seite, der Deckel ging auf und heraus kullerte eine solide Portion unseres letzten Selbstgebackenen. Es gab eine Verlegenheitspause, in der Mathilde zu meiner Gefährtin hin stammelte:

»Es war — ich wollte — ich dachte — man könnte — ich sollte vielleicht meiner Schwester mal eine Kostprobe schicken ...« Worauf es nunmehr an der Hausfrau war, feuerrot zu werden, und sie hilflos, wie sie immer solchen zarten Enthüllungen des wirklichen Lebens gegenüber ist, stotterte:

»Ja, selbstverständlich, liebe Mathilde, tun Sie das nur. Ihre Schwester war ja so liebenswürdig und hat uns von ihrem Kuchen neulich ...«

»Eben, eben«, sagte Mathilde tiefaufatmend, und nun beschäftigten sich die beiden Frauen ostentativ mit Puck.

Der inzwischen hatte die ganze Zeit, ohne etwas zu nehmen, als Musterknabe vor den herausgefallenen Keksen gesessen und mit dem Schwänzchen erwartungsvoll auf dem Fußboden herumradiert. Er wurde jetzt erst von Frauchen, dann von Mathilde umarmt:

»Nein, wie süß — nein, wie artig — nein, wie goldig!«

Und dann kriegte er erst ein Plätzchen von Frauchen, dann ein Plätzchen von Mathilde, und dann wieder ein Plätzchen von Frauchen und wieder eins von Mathilde, und dann gingen wir, das heißt meine Gefährtin und ich, aus dem Zimmer, und Mathilde machte nun rasch die Zimmertür zu, und ich sagte halblaut:

»Was war denn noch in dem Karton?«

Frauchen legte schnell den Finger auf den Mund und sagte:

»Pst!«

In diesem Augenblick bellte der kleine Löwe vor der Tür, und Mathilde schoß wie ein geölter Blitz aus ihrem Zimmer, öffnete, und die beiden Herumtreiber, mit frischem Dreck beklütert, strömten herein. Cocki, als der Gefährlichste, wurde sofort am Kragen gepackt, und es wurde ihm lang und breit erzählt, daß er inzwischen ein neues Brüderchen bekommen habe, ei, ein so feines Brüderchen! — und daß er sich gut mit ihm vertragen müsse, ja, und daß es fürchterliche Haue geben würde, wenn er es nicht täte. Während dieser Ansprache machte er neugierige Löwenaugen, furchte die Stirn und stellte die Ohren nach vorn. Zwischendurch sah er mich flüchtig an und leckte sich das Maul. Als ich ihn vorsichtig losließ, wogte er auf Pucki los, der, nach Foxlart nervös mit den Beinen zitternd, stehenblieb. Peter, der die Spannung in der Luft fühlte, ging sofort unter die Kommode in Deckung. Die beiden in der Diele fingen an, steif umeinander herumzugehen.

»Du, das gibt was«, sagte Frauchen.

»Da hilft nichts, sie müssen sich ja aneinander gewöhnen!«

Und dann gab's wirklich was! Wie es anfing, konnte später kein Mensch mehr sagen; aber ganz plötzlich stürzte sich Cocki auf den Neuen, offenbar, um ihm von Anfang an klarzumachen, *wer* der Herr in diesem Hause sei. Er warf ihn mit einem Ruck seines mächtigen Körpers um. Dann aber erlebte er eine Überraschung und fand sehr schnell heraus, daß dies nicht ein zweiter Peter war und daß es ganz unmöglich ist, einen Drahthaarfox zu tyrannisieren. Puck, obwohl hoffnungslos unterlegen, focht wie ein Rasender. Biß auf Biß gab er blitzschnell zurück und wich vor dem Angreifer nicht zurück. Aus der Küche stürzte Mathilde, wir stürzten auch, Peter schoß unter der Kommode hervor und biß Puck in die Hinterkeulen: alle sechs — drei Menschen und drei Hunde — wälzten wir uns in einem wüsten Knäuel auf dem Fußboden. Als erster bekam Peter eine Backpfeife und kroch daraufhin wieder unter die Kommode zurück. Dann rissen wir die wütenden Kämpfer auseinander und feuerten Cocki, der vor Wut nur noch röchelte, in die Küche. Und dann stellten wir die Verwundungen fest. Cocki hatte auf der Brust eine unbedeutende Schramme, Puck war das eine Ohr durchgeknipst wie ein Straßenbahnbillett, Frauchens kleiner Finger war fast durchgebissen, ich hatte eine Reißwunde wie ein Säbelhieb quer über die Hand und Mathilde war ins Bein gebissen.

Alles in allem waren die Verluste auf der menschlichen Seite bedeutend schlimmer als bei den Hunden. Die Mama stand derweilen oben auf der Treppe, blaß wie eine Leiche, kehrte dann schweigend in ihr Zimmer um, und wir hörten sie mit der Likörflasche hantieren . . .

Wir anderen arbeiteten mit der Wasserstoffflasche, mit Jod und Pflaster, und als wir schließlich alle verbunden waren, fanden wir Puck und Cocki in bestem Einvernehmen in der Diele nebeneinander liegen. Cocki war nämlich aus dem Küchenfenster gesprungen und zur Haustür wieder 'reingekommen. Peter glubschte unter der Kommode hervor und zog schnell den Kopf ein, als mein Blick auf ihn fiel.

»Na, also«, sagte Frauchen, mit einem dicken Verbandfinger auf der Treppe stehend, »sie sind ja schon ganz friedlich!«

Mathilde hinkte mit der Suppenterrine verbittert über die Bühne.

»Ach ja«, sagte ich, »auf die Dauer werden sie sich schon vertragen. Wenn wir alle infolge Blutvergiftung beigesetzt sind, werden sie ein Herz und eine Seele sein ...«

Spannung

Beim Mittagessen verhielt sich das Paar Cocki-Peter wie gewöhnlich. Peter sprang auf den Sessel im Nebenzimmer, um die Situation zunächst aus der Ferne zu sondieren. Er hatte gelernt, daß gerecht verteilt wurde und man ihn schon von selbst rief, wenn etwas vom Tisch abfiel.

Cocki hatte seinen Parkplatz, wie gewöhnlich, unter dem fahrbaren Serviertisch neben Frauchen und schimpfte von dort unterschiedslos auf die Mama, Mathilde, auf mich, kurz: auf jeden, der sich dem Tisch näherte und etwas von dem köstlichen Menschenfressen wegzuschnappen drohte, das ja eigentlich dem kleinen Löwen, als Vorspeise zu seinem eigenen, noch nicht verdrückten Mittagessen, gehörte.

Nur als Frauchen als letzte erschien und — leicht behindert durch den verletzten Finger — begann, die Suppe auszuteilen, verstummte er ehrerbietig und richtete sich gleich darauf an ihr hoch, die Augen schwärmerisch verdreht, die Zunge hechelnd zur Seite hängend.

Und Puck? Er war eingeschüchtert vor dem Servierwagen stehengeblieben, unter dem Cocki zuerst hervorbrüllte, hatte nur den Kopf schief gelegt und dann mit seinen stillen braunen Augen aufmerksam in der Runde herumgeschaut:

»Aha, so ist das! Cocki schimpft auf die Menschen, nicht auf mich!« Dann hatte er einen Moment den Kastenbart hochgeschoben, eine Prise Schweinebratenduft eingeatmet und sich dann unter dem Tisch um meine Füße gelegt.

Ich hob das Tischtuch an und sondierte die Unterwelt: meine Füße mit Pucki drauf, dort Mamas Füße, der große schwere Mittelfuß des Tisches, das Gewirr der Stuhlbeine und drüben, jetzt zu Frauchens Füßen, Cocki.

Cocki warf einen schnellen, besorgten Blick zu Puck hinüber und atmete hörbar auf, als er ihn halb schlafend und demnach ohne Konkurrenzgelüste fand. Ich sah wieder auf Pucki: sein Bart wackelte, als er zufrieden vor sich hin pustete. Ich ließ die Tischdecke fallen, kehrte wieder auf die Oberwelt der Teller, Bestecke und Familiengesichter zurück und verkündete laut: »Ein ruhiges, rührendes Tier!«

»Na, hoffentlich«, sagte Mama.

»Warum nicht?« sekundierte mir Frauchen und zu meiner Mutter: »Und bitte, Mami, füttere den Dicken nicht!«

Die Mama nahm schuldbewußt die Hand wieder auf den Tisch. Cocki schmatzte laut an dem, was vorher in dieser Hand gewesen war . . . »Er hat doch solchen Hunger« erklärte sie.

Darauf Frauchen zu Mathilde: »Von morgen an bekommen die Hunde ihr Essen vorher!«

»Und wir fressen hinterher«, sagte ich. Da niemand das komisch fand, mußte ich allein lachen. Es klang ziemlich gekünstelt.

Inzwischen hatte Peter Cockis Schmatzen bis ins Nebenzimmer hinein gehört, sprang vom Sessel, dehnte sich, wobei er das eine Fliegenbein wie ein Hahn steif nach hinten streckte, stakste dann vorsichtig an den Tisch heran. Zunächst steuerte er, einen kühl forschenden Blick in den grellen Augen, auf Puck zu und beroch ihn, worauf der den Kopf aus dem Gewuschel seiner Pfoten hob und ihm einen kleinen flinken Kuß auf die schwarze Nase hauchte.

Peter wich überrascht und leicht gereizt zurück, setzte sich dann neben die Mama und machte Männchen. Puck stand auf, trottete hinter ihn und beroch ihn ausgiebig von oben bis unten. Peter blieb ruhig sitzen und sah sich mit verdrehtem Kopf über die Schulter nach ihm um, was sein Gleichgewicht ins Wanken brachte. »Stör mich nicht, du alberner Kerl!«

Aber Pucki nahm hiervon keine Notiz, setzte sich neben ihn und machte auch Männchen. Er erfand aber eine eigene Nuance, indem er die dicken Fellärmchen vorn zusammenlegte und bittend auf und ab bewegte. »Seht doch nur, wie süß«, rief die Mama aus, »er ringt die Hände ...«

»So, nun kommt mal alle her«, rief Frauchen.

»Aha«, sagten die Mama und ich im Chor.

»Es ist ja nur heute«, erklärte Frauchen entschuldigend, »wo sie noch kein Fressen bekommen haben ...«

Nach dem Mittagessen wurden auch die Hunde gefüttert, und dann hielten wir in der Halle Kriegsrat ab.

»Tja, da werd ich mal aufs Gäßchen gehen«, sagte ich am Ende, »glaubst du, daß man den kleinen Puck schon frei laufen lassen kann?«

»Du kannst ihn ja zunächst mal an die Leine nehmen«, riet Frauchen, »denn vielleicht kommt ihm die Idee, zu seinem alten Herrchen oder in den Zwinger zurücklaufen zu wollen oder ...«

Das Weitere wurde nicht mehr gehört; bei dem Wort ›Gäßchen‹ hatten Cocki und Peter ihren üblichen Kriegstanz begonnen. Cocki mit fliegenden Ohren und ausgebreiteten Tatzen in die Höhe springend, Peter pfeifend wie eine Ratte ihn umkreisend und nach seinen Ohren schnappend.

Der Jüngste hatte sich das einen Moment still mit angesehen und die Bedeutung dieser Pantomime studiert. Zwischendurch hatte er mir einmal einen ganz hellen, fragenden Blick zugeworfen.

Dann hatte er aber anscheinend schon begriffen, was los war, und nun begannen wir von dem Wesen, das ich noch vor wenigen Minuten mit dem Brustton der Überzeugung als ›ruhiges Tier‹ bezeichnet hatte, zum ersten Male jene Laute zu hören, die der Anlaß waren, daß wir ihn von Puck in ›Weffi‹ umtauften.

Er produzierte nämlich ein unentwegtes gellendes, blechernes, seelenloses Weff-Weff-Weff! Dabei stieg er ebenso seelenlos und unentwegt, wie ein Luftballon, bis zur Schulterhöhe an mir hoch. Er unterbrach diese Tätigkeit nur, um zwischendurch mal schnell zu Cocki und Peter hinzulaufen und ihnen ein ›Weff‹ in die Ohren zu stoßen, das sie veranlaßte, sofort mit ihrem Kriegstanz aufzuhören und völlig erstarrt und verdattert stehenzubleiben.

Auch wir waren eine Weile wie gelähmt. Sein pausenloses, in der gleichen Stärke und Stimmlage fahrendes Gekläff ertötete jeden Gedanken und jede Aktion. Man fühlte sich von einer wirbelnden Geräuschkulisse zugedeckt, die das Haus bis zur Unerträglichkeit füllte: Weff-weff-weff. . .!

»So pack ihn doch endlich«, hörte ich Frauchens Stimme wie aus weiter Ferne, »es ist ja nicht mehr zu ertragen!«

Aber das war leicht gesagt! Man mußte ihn erst mal haben! Eher hätte man einen Knoten in einen mit Schmierseife eingeriebenen Aal schlagen können. Er federte seinen Körper immer genau fünf Zentimeter vor meinen Händen her, ohne auch nur für einen Moment seine akustischen Darbietungen zu unterbrechen. Im Gegenteil: er empfand meine Bemühungen als ungeheuren Jux, der sich bis zum Irrsinn steigerte, als ich mich auf alle viere niederließ, um ihn auf diese Weise vielleicht greifen zu können...

Cocki und Peter hatten sich derweil nebeneinander an die Tür gestellt und sahen nun schweigend auf die Klinke.

»Laß erst mal die beiden 'raus!« schrie ich Frauchen zu. Und sie tat es. Dann kam mir eine Idee. Ich stellte mich wieder aufrecht hin, und sofort begann Weffi wieder an mir hochzuspringen. Da fing ich ihn, mitten in der Luft und hatte ihn nun endlich fest in meinen Händen. Ach, was für ein kleines, leichtes Bündel! Er war jetzt verstummt und hechelte nur: himmlische Ruhe!

Ich schüttelte ihn: »Du unmögliche Blechtrompete! Du Fellfloh, du ganz verflixter! Bist du nun endlich ruhig, man wird ja ganz verrückt!«

Als ich ihn nun an mich zog, leckte er mir das Gesicht, und dann begann er wild zu strampeln. Es gelang ihm, mir eine Hinterpfote in den Mund und die andere ins Jakkenfutter zu stoßen, und erst nach längerem Ringkampf konnte ich ihn auf den Stuhl setzen und ihm die Leine anlegen. Dann stellte ich ihn auf die Erde, und sofort fing er nach echter Foxart an, sich in die Leine zu verbeißen und sie wild hin und her zu schütteln. Unter seinem Wolfsgebiß zeigten sich sehr bald bedenkliche Ausfransungen an der Leine. Aber wenigstens bellte er nicht, er machte nur »Rrr-rr-rrr-rrr!« und schüttelte dabei den Kopf so schnell, daß man sechs Ohren, sechs Augen und drei Schnauzen gleichzeitig sah. Er schleppte mich hinter sich her, rückwärts die drei Stufen in den Garten hinunter manövrierend, bis zur Tür. Ich sah die Straße hinunter. Cocki und Peter hatten zunächst den beiden Grey-Hündinnen Iris und Viola, im Garten gegenüber, ihre Aufwartung gemacht und trabten nun, Schulter an Schulter, der nächsten Ecke zu, wo auf der linken Seite Peters Feind Hasso, der unechte Cocker, und auf der rechten Seite ein seltsames Schäferhundpaar lebte. Dort trennten sie sich, Peter ging zu Hasso, Cocki blieb rechts. Eigentlich wohnte dort nur Nora, die Schäferhündin, eine höchst alberne hysterische Person, die dauernd mit gesträubtem Haar und eingezogenem Schwanz herumläuft, sich an die Beine ihrer Herrin anschmiegt und alle männlichen Hunde anschreit, als ob sie auf der Stelle von ihnen vergewaltigt würde. Trotzdem macht sie bei einem eine Ausnahme, dem offenbar ihr Herz gehört: es ist Alf, ein dunkler, schöner Schäferhundrüde. Er wohnt eigentlich am anderen Ende des Ortes, aber seine ganze Beziehung zu seinem Elternhaus besteht darin, daß er Herrchen am Morgen zur Bahn bringt und am Nachmittag von eben diesem Herrchen wieder abgeholt wird. Den ganzen übrigen Tag verbringt er im Garten seiner Freundin Nora. Dieser Garten ist in Wirklichkeit eine große verwilderte Wiese, von einem altersschwachen Zaun umgeben und mit drei Obstbäumen verziert, die sich hartnäckig weigern, mehr als ein halbes Dutzend verschrumpelter Äpfel pro Jahr zu tragen. Aber hier lebt das glückliche Paar Nora und Alf, und dort buddeln sie zusammen, stromern herum, fressen zusammen, kläffen zusammen, und oft habe ich sie beobachtet, wie sie sich in der rührendsten Weise gegenseitig das Fell lekken und auf die Schulter klopfen.

Cocki pflegt mit Alf das uralte Hundespiel ›furchtbar böse‹ zu betreiben, wobei beide Parteien außerhalb und innerhalb des Zaunes auf und ab rasen und sich durch die Zaunpfähle ankläffen, die entblößten Gebisse zeigend, als ob sie sich im nächsten Moment zerreißen wollten. Cockis männlicher Kampfruf mischt sich dabei mit dem tiefen Baß Alfs und dem hysterischen Geschrei Noras zu einem Trio, das meiner Ansicht nach nur deshalb nicht zu Strafanzeigen der Umwohner führt, weil sie alle selbst, und zwar meist auch sehr temperamentvolle, Hunde haben.

Dieses war, wie gesagt, die Situation, als ich mit Weffi das erstemal die Straße betrat. Na, dachte ich mir, bei dem Gebrüll dort unten an der Ecke, wird er ja wahrscheinlich nicht ausrücken, sondern mitmachen. Ich zog das fletschende Etwas an der Leine nahe an mich heran und hakte es los. Das aber veranlaßte Weffi noch keineswegs, nun auch die Leine mit den Zähnen loszulassen. Ich mußte sie ihm mit List und Tücke aus den Zähnen winden und sofort in meine Tasche stecken, damit er sie aus den Augen hatte. Aber sofort ertönte wieder die Blechtrompete, und dann begann er einen anderen Sport, indem er nämlich zwischendurch kräftig in die Schuhe biß.

»Weffi«, schrie ich außer mir. »Hund, bist du denn ganz von Sinnen? Komm mal hierher!«

Das Kommando ›Komm mal hierher!‹ erwies sich insofern als erfolgreich, als er daraufhin wegrannte und mich aus der Entfernung mit »Weff-weff-weff« bombardierte. In meiner Verzweiflung bückte ich mich nach einem Stückchen Koks, das vor meinen Füßen lag, und feuerte es in seine Richtung. Es war ein Zufallstreffer, der auf seinem Po landete. Er war einen Moment verdutzt und hörte auf zu bellen. Großartig! Ich klaubte nun eine Handvoll weiterer Koksstückchen auf. Sobald ich nur die Hand erhob, sauste er davon, das Hinterteil in Erwartung des Wurfes urkomisch einziehend, so daß er einen Katerbukkel bekam und ganz kurz wurde.

Seitdem ist das zur Standardpraxis des Ausgehens mit ihm geworden. Er wird unter dem Arm auf die Straße geschleppt, hingesetzt, während ich in der anderen Hand schon die Wurfgeschosse: Holzstückchen, Koks oder (im Herbst) auch Kastanien halte. Gleich nach dem Hinsetzen bekommt er eins aufs Fell gebrannt und schwirrt mit Katzenbuckel ab. Aber er kommt danach noch drei-, viermal wieder, um beschossen zu werden, denn die ganze Sache empfindet er als einen gewaltigen Ulk. Er besteht jedoch eisern darauf, daß ihm auch wirklich etwas um die Ohren fliegt, und sieht genau, ob ich tatsächlich ein Geschoß in der Hand halte oder nur markiere. In diesem Falle — oder wenn es mal zufällig an geeigneter Munition mangelt — ist er sofort heran und schnappt nach den Schuhen.

Heute hatte er nun das ›Furchtbar-böse-Spielen‹ am Ende der Straße bemerkt. Sofort schaltete er den Kompressor ein und sauste dorthin, unentwegt seinen Kampfruf ausstoßend, der aber infolge der rasenden Körperbewegung zu einem atemlosen ›We-we-we‹ verändert wurde. Jetzt war er bei Cocki angelangt, der sich mit zurückgelegten Ohren und fletschenden Zähnen mit Alf durch den Zaun duellierte. Und da nun geschah etwas Merkwürdiges! Es zeigte sich nämlich, daß Weffi diese hündische Situation nicht begriff oder nicht begreifen wollte. Er rannte zweimal mit Cocki auf und ab und bellte auch Alf an, aber dann konzentrierte er sich nur mehr auf Cocki! Er schrie sein gellendes »Weff-weff« in die Ohren und biß ihn kräftig in die Hinterkeulen. Cocki stoppte völlig erschüttert. Plötzlich war sein schönes Spiel zerstört. Um dem albernen Gezwicke zu entgehen, setzte er sich auf den Podex und sah mich, der ich inzwischen herangekommen war, gramvoll an:

»Was sagst du zu diesem kompletten Idioten?«

Alf, hinter dem Zaun, war auch zum Stehen gekommen und hörte auf zu bellen. Nora war an seiner Seite und schmiegte sich an seinen Hals. Die Situation stagnierte, Kurzschluß! Plötzliche Stille ...

In diese Stille kam Peterchen. Er hatte Hasso nicht zum Kampf stellen können, da das Tor noch verschlossen war, und statt dessen einen Stock organisiert, den er mir nun vor die Füße warf. Ich hob ihn wie üblich auf, und er erwartete den Wurf, die hellen Affenaugen hervorquellend, das eine Fliegenbein hocherhoben, das linke Ohr in Anerkennung meiner freundlichen Spielbereitschaft vage in die Gegend geknuckelt. Der Stock flog, Peter floh in langen Sätzen nach, aber neben ihm war plötzlich Weffi. Peter machte die längeren Sätze, aber Weffi dafür die doppelte Anzahl in der gleichen Zeit, und so brachte er es fertig, sich unmittelbar an Peters Seite zu halten und ihm dabei noch sein ›We-we-we-we‹ ins Ohr zu schreien. Als beide den Stock erreicht hatten, dachte ich: »Jetzt gibt's eine Beißerei!« Aber wiederum ereignete sich etwas Eigentümliches: Weffi bewies überhaupt kein Interesse an dem Stock, er schoß mehrere Meter darüber hinaus und kam dann wieder zurückgerannt, ohne den Stock auch nur angesehen zu haben.

Peter nahm ihn auch nicht, der Spaß war ihm verdorben. Er ging traurig an Hassos Tür, hob das Bein, und dann trabten er und Cocki mit hängenden Köpfen dem Ende der Straße zu, wo das Feld beginnt.

Als Weffi und ich zu Hause ankamen, war Frauchen schon in die Stadt gefahren. Mathilde, das sah ich beim Vorbeigehen am Küchenfenster, wusch das Geschirr. Als wir durch die Halle gingen, knurrte es dumpf unter der Kommode. Dort lag unser kleiner Löwe schon wieder und sortierte seine Knochen. Auch Weffi stellte seine Knurre an und wurde ganz steif im Gang, blieb aber an meiner Seite. Ich sah ins Wohnzimmer: Dort lag Peterchen in seinem geliebten schwarzen Sessel und döste nach dem scharfen Galopp. Weffi ging ins Zimmer und richtete sich, unter eifrigem Gewedel seines Krummschwänzchens, an dem Sessel hoch und roch an Peters Füßen. Der zeigte ihm, ohne sich aufzurichten, schweigend einen Eckzahn.

»Komm, Weffi«, rief ich, »wir gehen nach oben.«

Während ich mich an den Schreibtisch setzte, das Papier ordnete und mir eine Zigarre anzündete, hatte Weffi die Couch geentert und es sich dort bequem gemacht. Das war eine umständliche Operation, denn das Kissen lag nicht richtig, jedenfalls nicht so, daß man mich, mit dem Kopf darauflliegend, jederzeit im Auge behalten konnte. Er arbeitete fieberhaft, kratzte mit der Pfote hin und her, schob mit der Nase nach, bis es so lag, daß er sich beruhigt drauflegen konnte.

Ich begann zu schreiben. Draußen nahm ein stiller Sonnentag seinen Gang, ab und zu raschelte ein Vogel im dichten Laub am Fenster. Zwischendurch sah ich zu Weffi hinüber, und jedesmal, wenn unsere Blicke sich trafen, hob er ein wenig das Köpfchen und schlug mit dem Schwanz einen kurzen Wirbel. Ich baumelte unter dem Tisch vergnügt mit den Beinen: endlich hatte auch ich einen Hund!

Es kratzte an der Tür. Ich stand auf, öffnete. Draußen standen sie beide: Cocki und Peter!

»Grüß Sie Gott, meine Herren«, sagte ich und machte die Tür weit auf, »welch unerwartete Ehre!«

Peter sah kaum hoch und trabte sofort, mit eingezogenem Schwanz, zur Couch, roch an den rosa Gummiballen von Weffis Steifbeinchen und sprang auf den Sessel. Der Dicke kam nicht ins Zimmer, sondern winkte mich ins Badezimmer, wo er sich neben die Wasserkanne stellte. Das hieß laut Vereinbarung: Gib mir was zu saufen! Ich tat es. Er schlapfte mit Getöse, bis sein Bauch aufgeschwollen war wie eine Pauke und rechts und links abstand. Dann watschelte er ächzend und spuckend zur Couch, während ich mich wieder hinter den Schreibtisch setzte. Auch Cocki blieb zunächst stehen und roch an Weffis Pfoten. Der blieb ruhig, mit der Grazie einer Primadonna, liegen, die langen Wimpern halb über die Augen gesenkt. Irgendwie hatte er in diesem Augenblick Ähnlichkeit mit Greta Garbo. Die Ohren ein wenig hochgestellt, sah sich Cocki nach mir um. Seine Stirn war tief gefurcht, und seine Flappe hing traurig nach unten: »Soll das jetzt mit diesem Kerl da so weitergehen?«

Dann sprang auch er auf die Couch und haute sich zunächst in die andere Ecke. Das blieb so fünf Minuten, dann erhob er sich und wollte ausgerechnet in Weffis Ecke. Der blieb ruhig liegen, drehte seine Knurre an und zog die Lippe ein wenig über den Zähnen nach oben ... Cockis Augen blinzelten, und er zog tief Luft durch die wabbelnde Flappe. Ich riß schnell das Kissen unter meiner Sitzfläche hervor und feuerte es dazwischen. Peter, obwohl nicht getroffen, sauste wie der Blitz aus seinem Sessel und war wie ein Schatten in der Ecke an der Tür. Der Dicke sah verdutzt auf, und Weffi, den das Kissen verschüttet hatte, strampelte wild, um sich wieder frei zu machen.

Inzwischen war ich aufgestanden, nahm den Dicken beim Kragen, gab ihm einen Klaps und schob ihn wieder in seine ursprüngliche Couchecke. Weffi bekam, der Vollständigkeit halber, auch eins aufs Hinterteil: »Und du brummst auch nicht mehr, verstanden? Du bist hier der Jüngste und hast artig zu sein! Peterchen, komm, du warst ja gar nicht gemeint; mach hier hopp in deinen Sessel!« Aber der kratzte nur mit dem Fliegenbein an der Tür. Ich machte sie auf, und er zog traurig ab nach unten. Der Dicke richtete sich auf und sah ihm nach. Dann sprang er von der Couch, stand einen Augenblick überlegend im Zimmer und fläzte sich schließlich in den angewärmten Sessel, den Peter eben verlassen hatte. Er entspannte sich jedoch nicht, sondern legte den Kopf auf die Lehne, die Schnauze wie eine Kanone in Richtung Weffi haltend. Auch Weffi legte die Schnauze auf den oberen Rand seines Kissens. Beide starrten sich an, hielten sich mit den Augen umklammert, als wollten sie sich hypnotisieren.

Ich schrieb weiter. Nach einer Weile hörte ich einen leichten Hupf, gleich darauf arbeitete etwas an meinen Beinen herum, zwischen meinen Beinen erschien Weffis Kastenbärtchen, ich rückte den Stuhl zurück, und mit einem seiner federleichten, mühelosen Sprünge war er auf meinem Schoß und drückte sich an mich.

»Aber, aber«, sagte ich, »wie soll denn das weitergehen? Ich kann doch nicht mit dir auf dem Schoß schreiben . . .«

Als Antwort zitterte er nur mit den Vorderbeinen.

»Na schön«, sagte ich, drückte mir sein Köpfchen unters Kinn, langte mit den Armen um ihn herum und arbeitete weiter. Es war etwas mühseliger als vorher, aber es ging. Nach einer Weile plumpste Cocki vom Sessel und ging aus dem Zimmer. Weffi fixierte mich sofort, als wollte er sagen: »Nun sind wir allein!« Er gab mir einen Kuß aufs Kinn und sprang ebenfalls auf die Erde. Dann ging er auf seine Couch zurück und kringelte sich in seinem Eckchen zusammen. Ich sah auf ihn und empfand einen kleinen wehen Stich in meinem Herzen: meine beiden anderen kleinen Freunde hatte ich wohl verloren ...

Spät am Nachmittag kam Frauchen zurück. Merkwürdigerweise war es Weffi, der als erster den Wagen vernahm, obwohl er ihn doch erst ein einziges Mal hatte abfahren hören. Als er von seinem Platz aufsprang, sich mit der Pfote die angelehnte Tür öffnete und tapp-tapp-tapp-tapp die Treppe hinunter in die Halle sauste, kamen auch die beiden Ältesten zum Vorschein: Cocki aus Mathildes Zimmer und Peter aus dem der Mama. (Am Nachmittag lag er gewöhnlich bei ihr und sah zu, wie sie Patience legte.) Mathilde öffnete. Die ganze Meute stürzte Frauchen entgegen, die, wie üblich, mit Tuten und Paketen für das Abendbrot bepackt war. Peter und Cocki widmeten, nach flüchtigen Handküssen, ihre Hauptaufmerksamkeit diesen Päckchen. Sie konnten sich jedoch nicht wie sonst in ihren Duft versenken, denn Weffi raste zwischen ihnen hin und her und bellte ihnen die Ohren voll. Er unterbrach diesen Sport nur, um Frauchen in die Schuhe zu zwicken. Die Bewegungen der beiden anderen erlahmten, ihre Augen erloschen. Sie machten auf der Hinterhand kehrt und trotteten traurig aus dem Garten auf die Straße. Ich beugte mich zu Weffi hinunter: »Nun sei doch mal einen Moment still und laß deine Brüderchen auch zu Wort kommen!«

Dabei gab ich ihm einen kleinen Klaps. Er knickte sofort wieder hinten zusammen und fiel mit dem Hinterteil sogar zur Seite, obwohl meine Berührung nur leicht gewesen war.

»Hast du das eben gesehen?« fragte ich Frauchen.

»Ja, das ist merkwürdig! Vielleicht haben sie ihn im Zwinger so mangelhaft ernährt?«

»Möglich, aber ich glaube es nicht. Werde morgen mal hinfahren.«

Erst zum Abendbrot erschienen Cocki und Peter wieder. Wir nahmen es, wie in den meisten Fällen, in meinem Zimmer vor dem Radioapparat ein. Cocki und Peter gruppierten sich rechts und links von Frauchen auf meiner Couch, Weffi saß, mit einem seiner blitzschnellen Sprünge, wieder auf meinem Schoß.

»Du, das geht aber nicht, mein Kleiner! Beim Essen mußt du dich auch 'runtersetzen . . .«

Er sah mich mit schiefem Kopf aufmerksam an und federte dann mit einem Sprung 'rüber auf den Schoß zur Mama, die, mit der inneren Unruhe alter Hausfrauen, wie gewöhnlich nur halb auf dem Stuhle saß. Sie steckte ihm ein Häppchen in die Schnauze, das er aber nicht, wie Cocki und Peter, spurlos einatmete oder mit einem Haps aus der Hand riß, sondern wieder mit ungeheurer Umständlichkeit kaute, als ob es ein Stück Vollgummi wäre.

»Weffi, sei brav wie die andern auch, geh von Mamas Schoß und setz dich auf die Erde!« befahl Frauchen.

Mama wehrte ab. »Er stört mich nicht, laß ihn, er ist doch sooo niedlich!«

»Nein, du hast sowieso keine Ruhe zum Essen. Runter da, los — hopp!«

Bei ›Hopp‹ sprang Weffi auf die Couch und trat auf Peter. Der fuhr entsetzt hoch und biß, worauf er zwei blitzschnelle Gegenbisse von Weffi kassierte.

»Achtung, Cocki!« schrie ich. Er wollte hinter Frauchen vorbei seinem schwarzen Kumpan zu Hilfe kommen und konnte gerade noch von ihr eingeklemmt werden, indem sie sich mit dem Rücken zurückwarf. Er wurde wieder in seiner Ecke verstaut, Weffi zitterte, und Peter stand schon wieder mit hängendem Kopf und eingezogenem Schwanz an der Tür und wollte 'raus.

»Nein«, sagte Frauchen, »das kommt nicht in Frage!«

Sie hob Weffi hoch und setzte ihn auf die Erde. »Komm, Peterchen!« Er kam angeschlichen, als habe man ihm das Kreuz gebrochen, warf einen scheelen, bösen Blick auf Weffi, als er ihn passierte, und sprang wieder auf die Couch an seinen alten Platz.

»Puh«, sagte ich, »ich glaube, das wird schwierig. Weffi paßt so gar nicht zu den beiden anderen.«

Als ich ›Weffi‹ sagte, hatte ich ihn schon wieder auf dem Schoß. Er drückte sich an mich und zitterte. Die beiden anderen musterten ihn aufmerksam mit bösen Augen.

»Bleib schon hier heute«, sagte ich und aß über ihn hinweg. Ich streichelte leise über seinen Rücken. Die weiße Wildnis seiner Schnauze war dicht vor meinen Augen, die kleinen, rosa gefütterten Ohren, das eine noch blutverkrustet von der Beißerei mit Cocki, die braunen Augen, die mich in seltsamer Ruhe und forschend ansahen. Wenn ich einen Happen in den Mund steckte, kümmerte er sich gar nicht darum. Sein einziges Interesse und Glück schien zu sein, sich an mich zu schmiegen und meine Nähe zu fühlen.

»Mein Gott, ist er schön«, sagte Frauchen, »du müßtest dich mit ihm von hier aus sehen. Ein Bild direkt — ich meine den Hund natürlich!«

»Vielen Dank!« Ich sah ihn mir auch wieder aufmerksam an. »Ja, bildschön ist er, aber ein dekadentes kleines Nervenbündel. Die beiden anderen wirken gegen ihn direkt — ich weiß nicht, wie ich das richtig ausdrücken soll — dunkel, dumpf, fern.«

»Aber mir gefällt Peterchen besser«, sagte die Mama,

»er ist unglaublich rührend, und man muß ihm einfach zur Seite stehen. Man muß sich bemühen, zu ihm heranzukommen, denn er verdient es! Dieser kleine Fellclown kommt von allein! Er nimmt es als ganz selbstverständlich an, daß er überall die Hauptrolle spielt . . .«

»Urteilt nicht so schnell und seid nicht so ungeduldig«, sagte Frauchen, »sie werden sich schon aneinander gewöhnen; schließlich ist er ja erst ein paar Stunden bei uns; was verlangt ihr eigentlich?«

»Merkwürdig ist ja«, wandte ich ein, »daß er gar nicht nach seinem Herrchen und Frauchen bangt und daß er gleich frißt und nicht trauert. Wißt ihr noch, als unser erster Puck zu uns kam – er hatte es doch bei seinem früheren Herrchen nicht allzu gut, aber drei Tage hat er um ihn geweint und nichts gefressen.«

»Du vergißt, daß Weffi ja die letzten drei Wochen im Zwinger und schon nicht mehr bei Herrchen und Frauchen lebte«, meinte die Mama.

Wir fanden, daß dies eine sehr plausible Erklärung sein könnte.

Vor dem Schlafengehen ging's noch mal aufs Gäßchen. Cocki und Peter führten nicht ihren gewohnten Freudentanz auf, sondern standen still an der Haustür und ließen Weffis gellende Trompete über sich ergehen: Nur 'raus! Da hatte ich einen Einfall: ich schlug mit der flachen Hand mehrmals auf den Sitz eines Stuhles, der in der Halle stand, und sagte: hopphopp! Weffi sprang sofort auf den Stuhl, saß dort und – hielt den Schnabel! Das verklemmte Gebell aber schlug gewissermaßen in seinen Körper zurück, denn er zitterte vor Aufregung so, daß er selbst mit dem Kopf wackelte und seine Zähne wie im Fieber aufeinanderschlugen. Sobald ich ihm den Rücken drehte, sprang er wieder hinunter und kläffte. Sobald ich mich umdrehte und hopp! sagte, saß er wieder auf dem Stuhl, zitterte und wartete. Beim dritten Male sprang er bereits von selbst hinauf. Von dort griff ich ihn mir, klemmte ihn unter den Arm und trug ihn durch den Garten auf die Straße. Dort bückte ich mich im Dunkeln und suchte einen Stein. Ich fand auch etwas, aber es war kein Stein, sondern etwas anderes, höchst Unerfreuliches. Gott sei Dank war es schon ziemlich trocken. . . Schließlich aber fand ich auch einen Stein, setzte Weffi hin, bewarf ihn damit, später noch mit zwei anderen, und er war endlich ruhig und jagte den älteren Brüdern in die Dunkelheit nach . . .

Beim Schlafengehen gab es dann noch mal eine Krise. Plötzlich wollten Peter und Cocki auch bei mir schlafen. Als man ihnen klarmachte, daß dies nicht ginge, schlich sich Peter traurig in die Küche. Cocki aber kroch unter Frauchens Bett und spielte Höhle. Mathilde und ich mußten das Bett hochheben, worauf er tiefgekränkt die Treppe 'runterwatschelte und sofort unter der Kommode verschwand. Mathilde und ich hoben auch die Kommode hoch, während Frauchen und die Mama den Treppenaufgang blockierten — dann endlich mußte er in die Küche gehen. Dort schmiß er sich hin.

Als ich nach oben kam, hatte es sich Weffi inzwischen auf meinem Sessel bequem gemacht.

»Ich werde versuchen, ob ich mit ihm schlafen kann«, sagte ich, »hoffentlich schnarcht er nicht.«

Ich las noch eine Weile, löschte dann das Licht und horchte hinaus in die Nacht, die kühl und rein in die Fenster sah. Der Garten war verstummt, die Vögel waren zur Ruhe gegangen, Baum und Strauch war in Mondlicht gebadet und eine breite, milchige Bahn floß quer durch das Zimmer. Es war eine warme Nacht und so still, daß ich das Singen des Blutes in meinen Ohren hörte. Und dann nur noch die leisen Atemzüge meines Jüngsten aus dem Sessel. Ein kleines Wesen bei mir — dieses Vertrauen — aber da schon hatte ich die Schwelle überschritten und versank im Schlaf . . .

Plötzlich aber, mitten im Traum, kam ich wieder zu mir. Etwas trat mir ins Gesicht und begann dann an meiner Nase zu knabbern. Ich zog den Lichtkontakt und drehte mich um. Es war Weffi, er stand über mir und wedelte mich freundlich an. Ich sah auf die Uhr: 3 Uhr früh!

»Du, hör mal, du kleiner Fellfloh«, sagte ich, »das ist zwar sehr süß, was du dir da ausgedacht hast, aber das geht nicht. Herrchen muß morgen früh frisch sein, um Weffis Freßchen zu verdienen.«

Bei ›Weffi‹ drehte er das Köpfchen schief, und dann begann er sich an den Pfoten zu knabbern. Er fand die Situation offenbar gemütlich. Was jetzt? Ich stand auf, nahm ihn unter den Arm. Er glaubte anscheinend, es ginge nun aufs Gäßchen, strampelte und wollte eine Arie anstimmen. Ich hielt ihm die Schnauze zu, schlich mich leise mit ihm in Frauchens Büro und legte ihn dort auf die Couch, wo sonst der Besuch schläft. Er bettete sein Köpfchen aufs Kissen wie ein Mensch, ich deckte ihn zu, seine Augen verschleierten sich, er begann zufrieden zu schmatzen. Ich gab ihm noch einen Kuß auf seinen glatten Kopf: »Kleiner Gentleman«, flüsterte ich und drehte das Licht aus.

Am nächsten Morgen hörte ich schon unten eine Blechtrompete, als Mathilde ihn zum ersten Male 'rausführte, und dazwischen ihre Schreckensrufe und ihr Schimpfen, wenn er ihr die Schuhbänder aufriß. Danach kam er sofort heraufgestürmt, warf sich mit solcher Wucht gegen meine Tür, daß sie aufsprang, flog auf mein Bett und fiel mir um den Hals.

Ich stand schnell auf, machte mich fertig, holte Muckelchen aus der Garage, packte mir das weiße Bündel und fuhr mit ihm zum Zwinger. Der war kaum eine Viertelstunde entfernt, ein kleines Häuschen an der Landstraße mit einem verwilderten Garten dahinter. In dem Garten saß ein älteres Mädchen, und um sie herum tobten ein halbes Dutzend winziger Weffis, die an ihr hochkletterten und nach besten Kräften versuchten, ihr die Haare auszureißen, von denen sowieso nicht mehr allzu viele da waren. Sie stand mühsam auf, als sie meinen Weffi sah, und schlug die Hände zusammen: »Wer kommt denn da? Unser Allerschönster!«

Ich trug in geziemender Form mein Anliegen vor, während zwei Weffi-Miniaturausgaben sich bemühten, meine Schnürsenkel durchzukauen, und der Rest sich in Weffis Pfoten verbiß. Er sei so schwach, sagte ich, besonders auf der Hinterhand, das sei nicht normal, auch komme er so leicht außer Atem.

Ja, das sei schon möglich, daß er ein wenig geschwächt sei, entgegnete sie kummervoll und betrachtete ihre durchlöcherte Schürze: »Wissen Sie, als Dr. Nebelthau ihn uns zurückbrachte, hatten wir gerade alle Käfige voll und konnten ihm keinen eigenen geben. Da haben wir ihn mit einer Hündin zusammengesperrt und dachten, das wäre noch am besten. Das ist aber eine ausgesprochene Stänkerin: sie fraß ihm das Futter weg und biß ihn bei jeder Gelegenheit! Und er hat sich alles so rührend gefallen lassen, er ist ein richtiger, kleiner Kavalier!«

Ein merkwürdiges Gequieke unterbrach uns. Weffi hatte einen seiner spitzzahnigen Plagegeister erwischt und trug ihn wie eine Ratte in der Schnauze weg. Er biß aber nicht zu, sondern hielt ihn ganz vorsichtig, setzte ihn in einer entfernten Ecke hin, beroch und beleckte ihn.

»Ein so gutes Tier!« sagte die Wärterin.

»Ja«, sagte ich »weiß Gott. Und, vielen Dank!« Dann saßen wir wieder im Wagen, er neben mir auf dem Vordersitz, die Beinchen bebend, den Hals ganz langgestreckt, um über die Haube weg noch etwas zu sehen.

»Soso«, sprach ich ihn an, »also so war das, mein armer kleiner Junge! Erst verlierst du Herrchen und Frauchen, weil da so'n Menschenbaby ankommt und dann sperren sie dich zu so einem dummen Luder, das dich beißt und dir alles wegfrißt — und bist trotzdem so lieb und so zärtlich geblieben. Ich will dir aber dafür ein gutes Herrchen sein, meine kleine Radautüte, das verspreche ich dir!«

Er sah mich an, und seine Augen blieben eine ganze Weile auf mich gerichtet. Hatte er mich verstanden . . .?

Somit war unter uns alles in Ordnung! Aber zu Hause, da blieb es unerquicklich. Er fiel den beiden anderen weiterhin auf die Nerven! Sie litten unter ihm. Es kam nur selten zu Beißereien, aber es entstand eine Atmosphäre dauernder Spannung; und obwohl sich Peter und Cocki offensichtlich darauf geeinigt hatten, den Neuen als ausgesprochenen Clown und Menschenknecht mit Nichtachtung zu strafen, so verdichtete sich doch in mir die Ahnung, daß ein Ungewitter heraufziehe. Und

Dann kam dieser Tag! Kampf

Dieser schicksalsvolle Tag war ein Sonntag und begann eigentlich ganz normal. Ich erwachte im Schmettern der Amsel vor meinem Fenster und in der kühlen Morgenluft, die zusammen mit einer reichlichen Portion Frühsonne in mein Zimmer strömte. Gleich darauf kratzte es auch an der Tür, ich rappelte mich gähnend auf: Weffi schoß herein. Darauf legte ich mich auf die Erde in der Hoffnung, mich durch das morgendliche Turnen ermannen zu können; er stellte sich, wie üblich, über mich und ließ seinen schwarzen Hartgummiball, ganz voll Spucke, mitten auf mein Gesicht fallen. Cocki und Peter sahen nur kurz mit ganz bösen Gesichtern zu mir ins Zimmer und kauerten sich dann in Sphinxhaltung beide nebeneinander vor Frauchens Tür. Ich turnte mit Weffi, ging ins Bad. Weffi sprang derweilen auf die ›Zurechtmache-Kiste‹, in der die Hunde-Toilettensachen liegen, und sah mir mit schiefem Kopf zu, wobei seine Vorderbeine wieder zittern. Zwischen ihm und dem Paar vor der Tür wurde während der ganzen Zeit kein Wort gewechselt. Nur einmal, während ich mich rasierte, erschien Cocki und verlangte ziemlich mürrisch Wasser. Ich gab ihm, und er trank. Weffi mußte sich das natürlich aus der Nähe ansehen, sprang von der Kiste herunter, wurde aber durch ein lautloses Fletschen des kleinen Löwen wieder hinaufgescheucht. Frauchen schlief trotz mehrfachem Kratzen an der Tür noch weiter. Ich zog mich an und beschloß, zunächst in die Garage zu gehen. Dort tätschelte ich das Familienauto Muckelchen aufs Hinterteil. Muckelchen ist zwölf Jahre alt und muß schon viel in seinem Leben durchgemacht haben. Vor allen Dingen habe ich es im Verdacht, einmal einen Berg hinuntergefallen zu sein, denn wenn man genau hinsieht, sitzt das ganze Chassis etwas schief auf dem Fahrgestell. Als ich das alte Mädchen vor drei Jahren kaufte, war es scheußlich grün. Ich ließ es neu lackieren, aber zum billigsten Tarif, und das rächte sich, denn man nahm sich nicht die Mühe, das Grüne vorher abzulaugen, sondern spritzte die schwarze Farbe obendrauf. Seitdem hat Muckelchen sozusagen ein ›Blasenleiden‹, das heißt, wenn es mal in der Sonne steht, hebt sich der Lack und wirft Blasen. Manche sind klein, manche groß, manche bleiben weich, und man kann sie mit der Hand wieder eindrücken, manche aber springen mit einem Ruck und einem ganzen Stück weiteren Lacks ab, und dann grinst einen die grüne Vergangenheit an. Auf jeden Fall habe ich immer streichfertigen Lack bei mir, auch einen Pinsel, um die Defekte auszubessern und die Vergangenheit zu verdecken, in der mein Muckelchen in den Armen anderer Männer lag. Auf diese Weise entsteht zwar ein etwas pockennarbiges Gesamtbild, was jedoch meine Liebe zu ihm nicht mindert . . .

Im übrigen verleugnet Muckelchen keineswegs seine weibliche Natur, das heißt: die Zärtlichkeit und Sorge, mit der ich es umgebe, veranlaßt es, durch immer neue Leiden meine Aufmerksamkeit (und Finanzkraft) auf sich zu lenken. Jedenfalls ist seine Erfindungsgabe in dieser Beziehung geradezu atemberaubend. In der Stille der Nacht, wenn es in seiner Garage steht, denkt es sich was aus. Mal läßt es die Lichtmaschine streiken, mal wieder schließt es ein Scheinwerferauge, dann knabbert es den Ventilatorriemen durch oder es klappert mit den Türen. Ich habe schon mehrfach die Reparaturwerkstätten gewechselt, einfach, weil ich mich Muckelchens dauernder Leiden schäme und das verstohlene Grinsen auf den Gesichtern der Monteure nicht aushalte, wenn ich schon wieder mit der alten Dame und einem neuen Gebrechen bei ihnen auftauche.

An diesem Sonntagmorgen wanderte ich nun wie gewöhnlich rund um es herum, um zu sehen, ob es sich vielleicht zur Feier des Sonntags einen Plattfuß zugelegt habe, prüfte dann Öl, Wasser und Benzin und bemerkte, daß mir die gesamte Hundelei gefolgt war. Cocki hatte sich auf der Steuerradseite vor die Tür postiert. Peterchen lauerte im Garageneingang und machte Männchen, als ich ihn ansah. Weffi folgte mir, als ich zum Werkzeugtisch hinüberging, und biß mich in den Schuh. Es war ein vorsichtiger, sozusagen diplomatischer Biß, nur eine leichte Andeutung von Zwicken, um mich nicht zu verstimmen. »Wörrrr!« machte es gedämpft dazu.

Ich indessen blieb vor dem Werkzeugtisch stehen. Es ist eine alte Bücherkiste, auf der meine Schätze ausgebreitet liegen. Da gibt es Schraubenschlüssel, einen alten Tachometer, eine Spritzkanne, Flaschen mit Schleif- und Polierwasser, die Reste eines Scheibenwischers, Schwamm, Leder und eine Sammlung alter Zündkerzen. Sinnend betrachtete ich das Stilleben und seufzte beglückt von so viel Wohlhabenheit. Ein dünnes Piepsen weckte mich. Das Rotschwänzchen, das sein Nest ausgerechnet über dem Garagentor gebaut hatte, war mit vollem Kropf und Schnabel eingeflogen und fütterte seine Jungen. Draußen, rechts und links von der Garageneinfahrt, schwankte der blühende Rotdorn im Morgenwind.

Dann erschien Mathilde und stellte den Picknickkoffer mit der Decke neben dem Wagen ab. Ich spürte fast körperlich, wie in den Herzen meiner drei Jungen die Alarmglocken läuteten. Jetzt ergab sich die interessante taktische Aufgabe, den Wagen zu öffnen und die Decke so schnell über die Hintersitze zu breiten, daß die Meute mit ihren Dreckpfoten nicht vorher hineinkam. Der Gefährlichste für dieses Manöver war der kleine Löwe. Wenn er nämlich mal drin war, bekam man ihn nicht wieder heraus, da er bedenkenlos und unterschiedslos um sich biß und das Wageninnere sofort zur Höhle ernannte. Deshalb beschloß ich, auf der anderen Seite einzusteigen. Als ich jedoch mit der Decke in der Hand die Tür öffnete, schoß Weffi wie ein Pfeil über meinen Kopf hinweg, saß auf dem Rückpolster und zitterte. Allerdings schoß er ebenso schnell wieder hinaus, indem ich ihn zu diesem Behufe am Kragen packte. Dazu aber mußte ich die Tür öffnen, und während oben Weffi 'rausflog, versuchte Cocki, der schnell herumgerannt war, unten 'reinzukriechen. Er drückte mit dem starken Kopf, und ich mußte ihm die Schuhsohle vor das Gesicht pressen, um ihn zurückzuhalten. Trotzdem half das nicht allein: ich mußte auch noch die beiden dicken Tatzen, die sich an der Schwelle festgekrallt hatten, eine nach der anderen lösen. Als ich dann die Tür zuschlagen wollte, steckte er wieder mit dem Kopf dazwischen.

»Du kommst ja mit«, sagte ich, während seine goldenen Augen mich anklagten, »sei doch vernünftig!« Er war es aber nicht, und so blieb mir nichts anderes übrig, als mit ihm auszusteigen. Vor dem Wagen richtete er sich an mir auf, ich knudelte seine dicken Pfoten und betrachtete mit geheimem Stolz die langen seidigen Federn seiner Vorderbeine. »Ihr kommt ja alle drei mit! Du kommst auch mit, du brauchst nicht traurig zu sein! Herrchen nimmt Cocki mit, aber du mußt warten, verstehst du?«

Irgendwann erschien dann auch mal Frauchen. Teils in Hunden, teils in Koffern wühlend, wurde schließlich alles verstaut, Mathilde und die Mama bekamen die letzten Ermahnungen, und dann ging es los. Die Häuser verschwanden, die Straße tat sich auf, die lange Straße, die an Wäldern und Dörfern vorbei einmal zu unserem Ziel, dem Traumsee, führen mußte.

Muckelchen zeigte sich heute von seiner besten Seite. Die Maschine surrte kaum hörbar, das Tachometer kletterte bergan bis auf siebzig, eine für Muckelchens Verhältnisse geradezu atemberaubende Geschwindigkeit. Es ging hügelauf und hügelab durch dunkle Waldschluchten, an Feldern vorbei, auf denen eine gelbe van-Gogh-Sonne lag, an wohlhabenden Höfen, baumumstanden auf Kuppen, an Kirchtürmen, aus fernen Mulden gegen den Himmel schießend.

Auf der Hundebank hinten war es zunächst eine Weile lang ruhig. Ich drehte zwischendurch mal den Rückspiegel: alle drei standen nebeneinander unbeweglich wie die Spielzeugtiere, nur die Köpfe wanderten mit der Gegend mit, folgten den weidenden Pferden, fliegenden Krähen. Cocki in der Mitte, Peter links neben mir, Weffi auf der anderen Seite, hinter Frauchen. Dann fing Peter an. Ich fühlte seine Pfoten plötzlich auf meiner Schulter und sein Köpfchen an meiner Schläfe. Wenn ich das Auge etwas zur Seite drehte, ohne die Straße aus dem Blickfeld zu lassen, konnte ich gerade noch einen Schimmer seines eisengrauen Stirngelocks wahrnehmen. Er hatte erst eine Weile an seiner Scheibe nach einem Luftspalt gesucht, hatte keinen gefunden und preßte nun seine Nase an den Rand meiner Vorderscheibe. Einmal leckte er mich animierend hinterm Ohr. Weffi mußte das auf seiner Seite natürlich sofort nachmachen und noch weitertreiben. Er begnügte sich nicht damit, seinen Kopf frei nach Peter an Frauchens Wange zu legen, sondern er kletterte gleich nach und hatte es nach einigen Minuten erbitterten Handgemenges geschafft, das heißt, er saß auf Frauchens Schoß, mit den Fellhosen schlotternd, den Hals ganz lang, die Nase gegen die Vorderscheibe pressend und sich mit einem tiefen Schniefer voll Sauerstoff pumpend. Alle paar Minuten wurde die Stellung gewechselt, es wurde auch aufgestanden, und dann sah Frauchen überhaupt nichts mehr, außer einem Fellpopo und einem Schwänzchen, das sich ihr teils in die Augen, teils gegen die Stirn bohrte und ihr den Hut aus dem Gesicht schob.

Das ließ Cocki nicht ruhen. Plötzlich legte sich eine schwere Last auf meinen rechten Arm, zwei dicke Löwentatzen mit langen seidigen Haaren darüber griffen ins Steuerrad, und während Muckelchen begann, gefährliche Schlangenlinien zu ziehen, wälzte sich mir der Löwe auf den Schoß. Zu gleicher Zeit begann Peterchen den Angriff und turnte auf der anderen Seite über meine Schulter nach vorn. Ich konnte gerade noch bremsen und den Motor abstellen. Und dann besahen wir uns die Bescherung! Alle drei saßen quietschvergnügt und Kopf an Kopf mit uns vorn und fanden das selbstverständlich und über alle Maßen komisch. Wir blickten uns an und — lachten!

»Ja, Kinder«, sagte ich dann, »wie stellt ihr euch das eigentlich vor, hm? Dicker, du sitzt auf dem Steuerrad, als ob du selbst fahren wolltest!« Alles Weitere ging in einem ohrenbetäubenden Gebrüll unter. Ein Radfahrer — sowieso einer von Cockis Urfeinden — kam vorbei und hatte nun gar noch hinten auf dem Rad ein Körbchen und in diesem

Körbchen eine Hundemischung sitzen, die einen außerordentlich besorgten und unglücklichen Eindruck über diese Art des Transportes machte. Die Ohren gellten mir, auf der linken Seite schrie Peter, auf der rechten Cocki. Außerdem wurde wild herumgefuhrwerkt und gegen die Scheiben gesprungen. Peter fiel dabei vom Stengel, verhedderte sich unten teils in meine Beine, teils in die Handbremse und stieß sicherheitshalber ein markerschütterndes Wehgeschrei aus.

»Ein entzückender Ausflug«, schrie ich zu Frauchen hinüber. Damit packte ich den Vierzigpfünder auf meinem Schoß und wälzte ihn zunächst kopfüber nach hinten. Er plumpste auf den Hintersitz und brummelte wütend. Eine Sekunde später flog Weffi hinterher, und es gab zwischen den beiden ein kurzes, heftiges Gekeife. Dann zerrte ich das jammernde Fliegenbein aus der Tiefe und feuerte es ebenfalls nach hinten.

Die Maschine sprang an, und wir fuhren weiter.

Langsam stieg das Land nun weiter an. Ab und zu brach aus Feldern und Wiesen ein nackter Fels; und dann, auf der nächsten Welle, hielten wir an, denn vor uns breitete sich plötzlich das ungeheure Panorama der Alpen: aus zottigen Waldmänteln aufschießend grauer Stein, gefaltete Wände, schroffe Zacken, Türme, Pyramiden, die Spitzen von Wolken umbrodelt, manchmal auch frei und eine schimmernde Fläche ewigen Eises zeigend.

»Es ist immer wieder wie ein Traum . . .«, sagte meine Gefährtin.

Das letzte Dorf glitt vorbei, ärmlich, in karger Höhe. Die Serpentinen zum Paß hinauf wurden von Muckelchen mit Schwung genommen.

»Du sollst sehen«, sagte ich stolz, »es schafft's im dritten Gang!« Im gleichen Augenblick aus Weffis Schnute:

»Weffrrrrrr!« Hinten Tumult. Das gellende Gekläff Weffis, das hohe Pfeifen Peters und nun, alles übertönend an meinem linken Ohr: Cockis Gebrüll! Am Ende der Kurve war eine Kuh aufgetaucht. Sie stand dort quer über dem Weg und blinzelte uns geruhsam mimmelnd entgegen. Meine Drei taten, als ob sie sie zerreißen wollten. Aus Cokkis dicken Lefzen quoll der Geifer, Peterchens schmutzigbrauner Bart war voller Spucke, die Augen starr und wild. Weffi stieß zwar aus Leibeskräften weiter in seine Blechtrompete, aber während die beiden anderen die Kuh funkelnd im Auge behielten, wanderten seine braunen Äugelchen in tiefer Ruhe rundherum, und er stieß seine Fanfarentöne nach allen Richtungen: mal in mein rechtes Ohr, daß ich den heißen Atem aus seinem albernen Schnabel mitbekam, mal in Cockis und Peters Ohren, die dann immer einen Moment betäubt stillschwiegen. Ich bremste dicht vor der Kuh. »Bist du jetzt ruhig!« schrie ich verzweifelt und packte Weffis Fellbärtchen. Er kugelte über die Vorderlehne auf Frauchens Schoß, ich bekam einen Tritt in den Mund. Frauchen fiel die Sonnenbrille herunter, aber ganz plötzlich trat Stille ein. Die Kuh hatte sich mit nonchalant schlenkerndem Euter gedreht und war auf unsere von Geschrei erfüllte Blechkiste zugewandert. Jetzt erschien ihr gehörnter Kopf riesengroß im Fenster, und ihr Maul schob sich in den Wagen. Ein intensiver Duft nach Milch und Heu fuhr über mein Gesicht, ich kraulte sie unter dem Maul, während mich riesige dunkle Augen unter langen Wimpern ruhig betrachteten und zwei lange Spuckefäden gemächlich auf mein Hosenbein tropften. Schließlich holte sie eine dicke rauhe Sandpapierzunge hervor und fuhr mir damit über die Nase.

Währenddessen waren meine drei kühnen Ritter mäuschenstill. Ich drehte mich nach ihnen um. Peter war ganz nach hinten gerückt; am liebsten wäre er in das Polster hineingekrochen, die Augen riesengroß, die spitzen Haifischzähne in stummer Abwehr entblößt. Der Dicke hatte sich zwischen die beiden Sitze nach unten plumpsen lassen und stellte sich tot. Weffi saß, am ganzen Körper schlotternd, unmittelbar vor dem Kuhkopf, hatte den Kastenbart gegen das andere Fenster zu gedreht und sah geflissentlich hinaus: ich seh dich nicht, du siehst mich auch nicht!

Auf den mageren Rücken der Kuh knallte ein Stock. Ein Hütebub, der ihr knapp bis zum Bauch reichte, war aufgetaucht: »He«, schrie er, »wirst du wohl!« Und siehe da, der Riesenkopf verschwand aus dem Fenster, die Kuh drehte sich um und trabte den steilen Waldweg hinunter. Von hinten, mit den X-Beinen und dem bekleckerten Hinterteil, sah sie weit weniger imponierend aus . . .

Ich fuhr wieder an. Noch drei Kurven, und dann lag der See zu unseren Füßen, von Wäldern und Bergen umkränzt, ein schimmernder Schild wie aus geschmolzenem Silber.

Hier wollten wir bleiben.

Türen auf! Wie ein Sturmwind waren die drei draußen und sausten auf das Wasser zu. Peterchen war sofort drin. Er hatte einen weitab im See treibenden Knüppel entdeckt und schwamm schnell darauf zu. In dem klaren Wasser schienen seine strampelnden Läufe ganz kurz und geknickt. Cocki war ihm bis an die Brust nachgegangen, blieb aber dann stehen, sah sich nach allen Seiten um und begann schlappend zu trinken.

Weffi hatte sich nur die Füße naß gemacht, trank auch ein paar Schlückchen von dem klaren Seewasser, aber offensichtlich nur, weil der andere das auch getan hatte, und fing dann an, am Ufer entlangzuschnuppern.

Wir rollten die Decken auf, stellten den Picknickkoffer

heraus, ich baute das Transistor-Radio auf, aber nicht etwa, um die Natur mit Operettenmusik zu verschandeln, sondern nur, um gegen Mittag die Nachrichten zu hören. Dann machte ich umständlich und voller Liebe die Kamera zurecht. Ich spannte den Verschluß, setzte Filter und Sonnenblende auf, maß die Lichtstärken, es wurde still. Von den Felstürmen her erschien mit Katzenmiauen ein riesiger Bussard und begann über uns seine Kreise zu ziehen. Im Fernglas sah ich, wie er den Kopf wendete und uns aufmerksam studierte. Wenn er in die Kurve ging, leuchtete sein Gefieder goldbraun auf. Ich ließ das Glas sinken und döste, bis mir plötzlich etwas mit ziemlicher Wucht auf die Nase fiel. Es war der Riesenzweig, den Peterchen aus dem See gefischt hatte. Naß wie ein Sumpfbiber kauerte er sich einen Meter entfernt hin und bellte mich an: »Los, keine Müdigkeit vorschützen! Spielen!«

»Nein, setz dich hin und laß mich in Ruhe; Herrchen will nicht!«

Er studierte mich einen Augenblick, holte den Stock zurück und trabte damit zu Frauchen, die neben mir lag, um sie zu animieren.

»Nein«, sagte sie, »Peterchen, sei jetzt artig, komm, leg dich hierher zu mir!« Er mauzte unglücklich, und dann schüttelte er sich die Tropfen aus dem Fell. Ein Sprühregen durchnäßte uns vom Kopf bis zu den Füßen. Der Dicke kam auch angewalzt und schüttelte sich ebenfalls.

»Du, hör mal«, sagte Frauchen, »das ist ja unmöglich, ich will einen Moment mal Ruhe haben. Geh mal mit den dreien ein bißchen spazieren.«

Ich stand seufzend auf, hängte mir die Kamera um — los! Langsam stieg ich, mit den Augen all die Schönheit trinkend, bergan, gegen die Felswand zu. Die drei schossen vor mir her.

Da war wieder der Schatten des Raubvogels über mir, ein riesiger Bursche, ganz niedrig, seine Spiralen jetzt ganz eng. Irgend etwas, dicht vor mir, mußte er gesehen haben. Ich griff die Kamera und rannte gebückt der Stelle zu, über der er kreiste. Die Schonung hörte plötzlich auf. Eine kleine Wiese öffnete sich, mit trockenem gelblichem Gras bedeckt und von zahllosen dunkelbraunen Maulwurfshügeln durchstoßen. Ich kroch einer Tanne unter den Rock, schob mich vorsichtig bis an den äußersten Rand der Wiese vor und stellte den Apparat neu ein: zweihundertstel Sekunde, Blende fünf, zehn Meter Entfernung — das müßte ungefähr stimmen —, und da, gerade als ich fertig war, ein Schatten, und der riesige Bussard fuhr wie ein Blitz herunter. Die Schwingen schlugen den Boden, die Schwanzfedern breiteten sich aus, um als Bremse zu wirken, die Federhöschen mit den mörderischen Griffen am Ende wühlten sich in die Erde, und schon war er wieder auf und davon, etwas Schwärzliches, Zappelndes in seinen Fängen. In einer einzigen langen Kurve flog er das Skelett einer Eiche an, ließ sich wippend auf einem Astrest nieder, schaute sich ein paarmal nach allen Seiten um und begann dann, die Beute zu kröpfen.

Da, Weffis Blechtrompete! Aber dieses Mal gar nicht albern, sondern scharf, pointiert, von Knurren unterbrochen. Er hatte irgend etwas. Ich setzte mich in Trab, bergauf, über der Lichtung, durch den Hochwald, der Schonung zu. Mein Herz klopfte, der Schweiß floß — mein Gott, wie man doch in der Stadt verschlammte!

Und dann stand ich vor den Resten eines Baumriesen, den vor Jahrzehnten vielleicht ein Wirbelsturm im untersten Viertel abgedreht hatte. Der splittrige Stumpf ragte noch gute drei Meter hoch, und zu seinen Füßen hatte sich, genährt von zerfallendem Holz, eine Wildnis kleiner Tannen, Farne, Glockenblumen und Schlingpflanzen angesiedelt. Und mitten in diesem Gewirr ein junger Fuchs! Die Lauscher voller Angst seitwärts gereckt, als horche er auf die Schritte der rettenden Mutter, das Maul jappend aufgerissen, die Zähne gefletscht. Ich griff nach der Kamera: heute hatte ich wirklich Glück!

Weffi tanzte vor dem Fuchs hin und her. Um den Hals hing ihm, wie eine Girlande, Schlangenmoos. Abgebrochene Reiser waren in seinen Höschen hängengeblieben, sein Bart wild zerzaust, das Maul mit den schimmernden Zähnen offen, zwischen denen die knallrote Zunge triefend japperte. Die sonst so stillen braunen Augen funkelten. Auf alle mögliche Weise versuchte er, dem Rotrock in den Rücken zu kommen. Der aber hatte eine gute Deckung in dem Farndschungel. Wenn jetzt bloß nicht Cocki kam! Ich stürzte mich in einem Hechtsprung auf Weffi, bekam ihn zu packen und legte das zappelnde Etwas an die Leine. In diesem Augenblick war ein schwarzer Schatten neben mir: Er stieß ein tiefes Röhren aus und war sofort dem Fuchs an der Schnauze. Zwei schnelle fauchende Bisse gingen wie Blitze hin und her, dann hatte ich auch Peter erwischt, zog ihm das freie Ende der Leine durchs Halsband und — da war auch schon Cocki!

In großen, langen Sätzen federte er über das Moos heran. Er war vollkommen stumm, und ich wußte, wenn ich ihn nicht abfing, war es Füchsleins Tod. Er würde sich nicht um Bisse kümmern, sondern den kleinen Reineke wie eine Lokomotive überwalzen, ihn auf den Boden schlagen und ihm die Knochen brechen. Schnell hängte ich die Schlinge der Leine über eine Wurzel und warf mich mit einem Satz auf den Dicken. Er war einen Augenblick so verdattert, daß er keinen Widerstand leistete. Dann aber schnappte er wütend um sich, während ein tiefes Grollen aus seiner

Brust drang. Gott sei Dank hatte ich ihn fest an den beiden Vorderbeinen, hob ihn hoch und schleppte ihn zu den beiden anderen, die sich fast an der Leine erwürgten. Dort machte ich auch noch Cocki fest. So waren nun alle drei zusammen. Sie röchelten und bellten. Das Füchslein aber ging auf und davon!

Unten am See stieg Frauchen gerade aus dem Wasser.

Ich aber ließ mich in langen Stößen am Ufer entlanggleiten, ab und zu tauchend, mich auf den Rücken wälzend, mit den Beinen schlagend, und immer war ein weißer, kleiner Schatten am Ufer entlang auf meiner Höhe. Weffi, der sein Herrchen angstvoll begleitete.

»Aber so komm doch her, mein kleiner Wicht!« rief ich. Er ging bis zur Brust hinein, dann fand er nicht den Mut und kehrte aufs Trockene zurück.

»Findest du das nicht merkwürdig«, sagte ich zu meiner Gefährtin, wieder ans Ufer steigend, »daß Weffi nicht schwimmt? Foxl schwimmen doch sonst so gern — denk an unseren alten Pucki. Und auch an Peter, der überhaupt nicht aus dem Wasser herauszukriegen ist.«

»Es wird sicher seinen Grund haben«, sagte sie, während sie auf der Decke kniete und aus einer Thermosflasche Fleisch, Gemüse und Kartoffeln in die drei Hundenäpfe schüttete. »Bitte, nimm doch Weffis Napf und stelle ihn möglichst weit weg. Ich füttere derweilen Cocki und Peter.«

Während Weffi erst das Essen ausführlich beschnupperte und dann anfing, um die Fleischstücke herum das übrige zu fressen, das Beste bis zuletzt lassend, blinzelte ich in all die Schönheit: aus den obersten Waldrändern faserten jetzt dünne Wolkenschleier. Dort, wo im Frühling die Lawinen niederstürzten, waren breite graugelbe Rinnen in das dunkelgrüne Fell der Wälder gerissen. Von Minute zu

Minute wechselten Felsen und Gletscher ihr Gesicht unter den Schatten der Wolkengeschwader, die lautlos den Himmel durchwanderten. Es war, als ob hinter diesen Riesen, den Unberührbaren, eine andere Welt anfinge, voller Geheimnisse und göttlicher Schrecken, eine Welt, in der während des Tages unsere Träume gefangensitzen und ihr eigenes Leben führen. Ich stand auf, wanderte etwas vom See weg dem Wald zu, blieb stehen und reckte die Arme den Felsen entgegen.

Plötzlich, in meine tiefe Entspannung hinein, fuhr das Fauchen und Röcheln eines Kampfes in meinem Rücken, und gleich darauf ein angstvoller Schrei meiner Gefährtin: »Um Gottes willen, schnell, so komm doch bloß!«

Nachher erzählte sie mir, wie es anfing. Während Weffi noch dabei war, seine ersten Fleischstückchen langsam und genießerisch zu mimmeln, hatte Cocki den Inhalt seines Napfes bereits eingeatmet. Er sah auf und watschelte zunächst zu Peter hinüber. Da es aber Peters Methode war, sich zunächst das Fleisch mit gierigem Happ-happ in den Rachen zu werfen, enthielt sein Napf nichts Wesentliches mehr außer ein paar Kartoffelresten, die der Dicke gründlich aufschlabberte, während Peter ihm mit scheelen Augen zusah. Und dann hatte Cocki Kurs auf den Napf des Foxl genommen. Vor dem Napf stehend, hatte er sein bekanntes, dumpfes, kaum hörbares Knurren ausgestoßen, das Peter in die Flucht jagte. Weffi aber, die Schnauze tief im Napf, hatte ihn nur mit einem starren Aufwärtsblick gemustert und lediglich das Tempo des Schlingens gesteigert. Dann hatte auch Cocki seine dicke Nase mit in den Napf gesteckt. Ein Knurrduett hatte begonnen, Nase an Nase, und im nächsten Augenblick schon bildeten die beiden ein wüstes Knäuel.

Als ich mich umwandte, hatte Cocki wie gewöhnlich den

schwächeren Hund überrannt. Weffi lag auf dem Rücken, und Cockis fauchend entblößtes Gebiß suchte seine Kehle. Ich weiß heute noch nicht warum, aber ich hatte von Anfang an ein unheimliches Gefühl bei diesem Anblick. Das war keine der üblichen Balgereien, hier entlud sich ein urtümlicher Haß, die nackte, brennendrote Feindschaft, in die man hineinsah wie durch ein Guckfenster in die lodernde Glut des Hochofens . . .

Statt Weffis Hals zu finden, stieß Cocki jedoch auf eine blitzende Doppelreihe scharfer Zähne, die länger und gefährlicher waren als seine eigenen. Jetzt fuhren ihm die beiden Eckdolche in die empfindliche Flappe. Er wich mit einem Wehlaut zurück, und für eine Sekunde las ich in seinen Augen, daß er den Kampf aufgeben wollte. Wenn Weffi sich jetzt erhoben hätte und einfach wieder an seinen Napf gegangen wäre, hätte der Dicke sicher verlegen kehrtgemacht.

Aber es war anders diesmal! Weffi war wie ein Blitz hoch, huschte seitwärts weg und saß dem kleinen Löwen von hinten schräg im Nacken. Das aber stellte sich als Fehler heraus, der nur aus mangelnder Kampferfahrung zu erklären ist, denn dort, im Nacken, traf sein Biß auf Cockis härteste Stelle, ein eisernes Geflecht aus Muskeln und Sehnen, fast so dick wie das einer Bulldogge. Selbst Weffis scharfe Dolche, noch dazu gebremst durch die langen Haare, konnten nichts ausrichten. Mit einem Ruck schleuderte der Große den Foxl ab. Er flog zur Seite, stolperte, und sofort war Cocki wieder über ihm, bekam ihn, gerade als er sich wieder auf seine kleinen Steifbeinchen stellen wollte, im Nacken zu fassen und schüttelte ihn in der Luft wie einen Lappen.

Ich war bisher hilflos und wie gelähmt um das kämpfende Knäuel herumgetanzt und hatte nur Peter wegscheuchen können. In diesem Moment stürzte sich Frauchen vor und bekam den kleinen Löwen am Halsband zu fassen. Das Halsband zerriß. »Die Hinterbeine!« schrie ich ihr zu. Sie wandte den alten Trick an, packte Cockis Hinterbeine und zerrte sie mit einem Ruck auseinander. Mit einem dumpfen Laut ließ er den Foxl aus seinen Zähnen rutschen, sie hob ihn hoch, aber mit dem Kopf nach unten verbiß sich das rasende Tier in ihr Bein.

Ich indessen hatte mich auf Weffi gestürzt. Er röchelte noch unter dem eisernen Griff, seine Augen waren verdreht, dann kam er halb zu sich und schlug mir, noch blind vor Wut und Entsetzen, wie eine Natter seine Zähne in den Arm. Ich schrie unwillkürlich auf und schüttelte ihn ab. Er überkugelte sich, und nun war Peter wie ein Schatten über ihm. Ich konnte ihn diesmal nicht abwehren, und es schien mir auch nicht so wichtig, denn sie waren sich ebenbürtig — mochten sie sich prügeln! Nach ein paar Bissen hin und her war es sowieso immer zwischen ihnen aus. Meine Gefährtin war es, die Hilfe brauchte. Cocki ließ noch immer nicht von ihr ab. An ihrer Wade lief das Blut dunkelrot hinab. Ich war mit einem Satz bei ihr, packte den Dicken am Nacken, und nun war er's, der heftig gebeutelt wurde, daß ihm Hören und Sehen verging. »Was hast du gemacht, du Biest«, brüllte ich ihn an, »darfst du denn dein Frauchen beißen?« Sie war niedergesunken und hielt sich schluchzend das Bein. Ich drückte den Hund auf die Erde, wo ihr Blut einen Flecken gebildet hatte, und stieß ihn mit der Nase hinein. Es vermischte sich mit dem Blut, das aus seiner verletzten Schnauze lief. Seine Augen, die erst ganz irrsinnig waren, erloschen, er wimmerte, knickte hinten ein und — reichte mir die Pfote. Ich hob ihn auf, setzte ihn in den Wagen, kurbelte das Fenster hoch und schlug die Tür zu.

»Puh«, sagte ich, lehnte mich einen Moment an den Kotflügel und wischte mir die Stirn. Da schrie schon wieder Frauchen:

»Komm doch, komm! Peter bringt Weffi um . . .!«

Nahm denn das nie ein Ende? Ich fuhr auf. In der Wiese wälzte sich noch immer ein schwarzweißes Knäuel durcheinander. Jetzt aber wurden die Bewegungen der Kämpfenden langsamer, und ich hörte einen Laut, der mich erstarren ließ. Ich kannte diesen herzzerreißenden Laut einer Kreatur, die sich selbst aufgibt, und diese Kreatur war mein kleiner Weffi! Noch vom Kampf mit dem Großen erschöpft, hatte er sich wohl nicht richtig wehren können; jedenfalls hatte sich Peter mit seinen Haifischzähnen in Weffis Kehle so festgebissen, daß dieser den Rachen nicht herumbekam, um den Biß zu erwidern und sich zu befreien. Als ich hinzustürzte, verschleierten sich schon seine Augen, für eine Sekunde hatte ich die Vision des ersten Puck, als er in meinen Armen starb . . .

Weffis Fellbeinchen sanken zusammen wie kleine Blumen, die man an der Wurzel abgeschnitten hat, Kopf und Hals waren von Blut überströmt, und immer tiefer ließ Peter, blanken Mord in seinen gespenstischen Augen, seine Zähne in ihn sinken. Das war — plötzlich begriff ich und blieb einen Moment wie erstarrt stehen — für Peter der Augenblick der großen Abrechnung mit dem verhaßten Eindringling, der Aufstand des Dunklen gegen die hohe, zivilisierte Rasse.

»Ja, warum greifst du denn nicht zu?« schrie meine Gefährtin. Ich erwachte. Es war, als müßte ich Jahrhunderttausende zurückeilen, ehe ich wieder imstande war, meinen Muskeln zu befehlen. Dann hörte ich mich gellend schreien: »Peter — Peter!« und im nächsten Augenblick sah ich meine Finger — fremde Finger schienen es — sich um seinen Nacken schließen und ihn mit aller Kraft hochreißen.

Mit seinem unvergleichlichen Selbsterhaltungstrieb war Peter sofort wieder bei sich und begann vorsichtshalber zu kreischen. »Seid ihr denn alle drei wahnsinnig geworden?« schrie ich ihn an; und dann, als ich sein Zittern spürte: »Na ja, ist ja gut, du wolltest dein Brüderchen verteidigen, aber Weffi ist doch auch dein Brüderchen — pfui, so ein ungezogener Hund!«

Jetzt waren es wieder die altgewohnten, komisch verdrehten Orgelmannaugen, die mich anblickten. Ich trug auch ihn zum Wagen und sperrte ihn zu Cocki. Als ich zurückkam, hatte sich Weffi aufgerappelt und stand blutverschmiert mit wankenden Beinen da. Ich sprach leise mit ihm und band ihn dann an einer Baumwurzel fest. Er begann sich vorsichtig zu belecken.

Nun wandte ich mich Frauchen zu, die am See saß und mit schmerzverzerrtem Gesicht ihr Bein ins Wasser hielt. Es war eine tüchtige Schramme. Ich holte Wasserstoff aus dem Wagen, wusch sie ihr aus und band ihr mein Taschentuch um.

Als nächstes sah ich mir meinen Arm an. Der Biß hatte die Muskeln des Unterarmes getroffen und war nicht ganz durchgekommen. Der Arm aber begann mächtig anzuschwellen und tat niederträchtig weh. Und wie ging's denn Weffi? Er saß neben der Wurzel und bebte —. Ich machte ihn los, nahm ihn auf meine Arme, ein leichtes Bündel, trug ihn zum See und wusch Kopf und Hals mit kaltem Wasser, dann stellte ich den Schaden fest: das rechte Ohr war eingerissen, an Hals und Kinnbacken ein paar flache Hiebe, im Nacken ein tiefer Biß. Er wurde mit Wasserstoff behandelt.

Dann setzte ich mich erst mal hin.

»Tut dir dein Bein noch weh?« fragte ich nach der anderen Seite.

»Nicht mehr so schlimm. Aber du, das war eine böse Sache!«

»Ja wirklich, böse! Das war nicht die übliche Hauerei, das war etwas anderes. Ich habe ein scheußliches Gefühl. Was machen wir jetzt?«

»Ich weiß nicht. Komm, laß uns erst mal heimfahren, es wird kühl, und ich möchte mich zu Hause hinlegen.«

Verfolgung

Die nächste Woche brachte eine totale innerpolitische Umwälzung: waren es bisher Cocki und Peter, die unter Weffi litten und sich – durch ihn von uns abgedrängt – in dumpfe Hundehaftigkeit geflüchtet hatten, so wurde nunmehr Weffi in die Defensive gezwungen.

Am nächsten Morgen beim Frühstück brüllte Cocki den Kleinen aus seiner Höhle unter Frauchens Bett mit derartiger Wut an, daß er verdattert vor dem Teewagen stehenblieb. Dann kam Peter herein. Aber es war ein anderer Peter als bisher. Es war ein Peter, der Weffi besiegt und beinahe gemordet hatte, ein siegesgewisser, scharfer Hund, der sein rotbraunes Schmutzbärtchen mit gefletschten Hauern an Weffis dumme Struppelschnute drängte und ihn dann mit einem dumpfen Röhren seinen Rücken herausfordernd unter dem Hals entlangzog. Weffi sah mich hilflos an: »Was ist schon wieder los? Was habe ich denn getan?« Er machte Miene, auf meinen Schoß zu springen; aber da ertönte wieder Peters merkwürdiges, siegessicheres und dumpfes Knurren, das wir nie zuvor von ihm gehört hatten, und gleichzeitig quetschte sich der kleine Löwe unter dem Bett hervor und wogte gegen Weffi heran.

»Schnell, bring Weffi 'raus!« rief Frauchen aus dem Bett.

»Zu spät, sie würden sich beide in ihn verbeißen, wenn ich ihn jetzt hochnähme, laß mal . . .«

Wir schwiegen mit angehaltenem Atem. Weffi sah sich einmal nach Peter und einmal nach Cocki um, dann begann er mit den Vorderbeinchen zu zittern, nicht vor Angst, sondern vor Erregung. Und dann drehte er seine Knurre an, machte ganz langsam kehrt und ging aus dem Zimmer. Draußen vor dem Badezimmer blieb er stehen, traurig, mit hängendem Kopf, sah noch eine Weile in das Zimmer hinein, wie Adam in das verlorene Paradies, und verschwand dann in mein Zimmer. Ich hörte, wie er drinnen auf meine Couch sprang. Die beiden anderen postierten sich rechts und links neben mich, Peter machte Männchen, Cocki ließ die Ohren nach hinten hängen und wurde schmelzende Sanftmut.

»Pfui«, sagte ich, »ihr habt euer Brüderchen verjagt!«

Der Dicke richtete sich an mir hoch, legte mir die Tatze auf den Arm und zwinkerte mir zu: »Laß doch, jetzt sind wir wieder unter uns, es ist ganz so wie früher . . .«

Ich seufzte, streichelte dann den Kopf des kleinen Löwen, fuhr Peterchen über die eisengraue Locke.

»Was machen wir bloß?« fragte mich meine Gefährtin: »Man kann diesen beiden Kerlen doch nicht böse sein. Von ihrem Standpunkt aus haben sie sogar recht. Es ist unsere Schuld.«

»Ja, vielleicht war es wirklich ein Fehler, Weffi zu nehmen, sie sind zu ungleich.«

»Andererseits«, sagte ich, »ist Klein Weffchen der einzige Menschenhund unter den dreien, und wenn man bedenkt . . .« Im Nebenraum klingelte das Telefon. Es war Wladimir, das Herrchen des Riesenpudels Titus. Titus war der größte und gleichzeitig der schönste Pudel, den ich je getroffen habe. Eigentlich hatte er zwei Herrchen, nämlich Wladimir und Alexej, zwei gut aussehende Männer über fünfzig. Russische Altemigranten. Der Sturz des Zaren schwemmte sie und ihre Familien, soviel davon noch am Leben war, aus der Heimat. Sie gehörten zu der ersten Welle der Emigranten, die damals, wie leider nicht verstandene Sturmzeichen für das Bürgertum, in allen westlichen Ländern auftauchten. Wladimir und Alexej sind Freunde aus Kindertagen. Sie blieben auch in den nun folgenden bitteren Jahren zusammen. Die Hauptlast des Erwerbslebens lag auf Wladimirs Schultern, denn seine Kenntnisse aus der Lederbranche und ein paar gerettete Juwelen Alexejs bildeten den Grundstock der großen Lederfirma, deren Chefs sie heute sind. Es gab viele hitzige Auseinandersetzungen zwischen ihnen in all den Jahren, aber das Band der alten Freundschaft war zäher als alle Belastungsproben: kein geschäftlicher Mißerfolg, keine schlechte Laune und keine Frauengeschichte konnten es zerreißen. Seit mehr als zehn Jahren gehört das sonderbare Gespann zu unsern engsten Freunden. Wir waren gewohnt, alle ihre Freuden und Sorgen zu teilen und als Beichtväter in Zeiten der Zerwürfnisse ihre gegenseitigen Beschwerden entgegenzunehmen. Vor zwei Jahren etwa, nach einem Riesenkrach und einer ebenso riesigen Versöhnung, kamen die beiden nun auf eine seltsame Idee: sie kauften sich einen Hund, den schwarzen Pudel Titus, als Zeichen der ewigen Versöhnung!

»Wir haben geschworen, daß wir ihn weggeben, wenn wir uns je zerstreiten — das soll uns beiden Hitzköpfe zurückhalten!«

Und dieses lebendige Symbol des freundschaftlichen Friedens, dieser Titus, war der schönste Pudel, den ich je gesehen, und gab auf Frauchens Seite Anlaß zu langen und melancholischen Betrachtungen über das, was aus Peterchen hätte werden können, wenn nicht der blinde Foxl vor der Hochzeitsnacht ...

Das Leben aber zeigte sich wieder einmal stärker als alle guten Vorsätze: vor wenigen Wochen gab es zwischen den beiden Männern, die gemeinsam einen großzügigen Junggesellenhaushalt führten, wieder einen Riesenkrach, einen besonders schlimmen sogar. Böse Worte fielen, die weit in die Vergangenheit zurückreichten. Man riß sich aus der intimen Kenntnis der empfindlichsten Stellen gegenseitig Wunden, wie das eben nur ein Paar tun kann, in der Ehe oder in der Freundschaft. Alexej erklärte das Zusammenleben für aufgelöst und ließ seine Möbel verladen. Mit der unheilvoll-kalten Höflichkeit, die nun zwischen den beiden herrschte, hatten sie sich darüber geeinigt, daß natürlich auch Titus — ihrem Eide gemäß — abgeschafft werden müsse.

Sie boten ihn uns an, aber wir winkten ab, so schwer es uns auch fiel. Dafür gaben wir ihnen die Adresse eines adligen Fräuleins, das zweihundert Kilometer entfernt in einem Häuschen auf dem Lande lebte und eine erprobte Tierfreundin war. Die beiden schrieben ihr liebenswürdige Briefe und schickten ihr das Reisegeld. Als sie ankam und die Abschiedsstunde für Titus schlug, brachen Alexej und Wladimir zusammen, sanken sich in die Arme und beschlossen, sich wieder zu vertragen. Sie kauften dem verdutzten Fräulein zusammen eine kostbare Handtasche, einen großen Kasten Konfekt und einen noch größeren Rosenstrauß, setzten sie auf die Bahn und schickten sie — allein — wieder nach Hause. Dann rückten sie — zu dritt — wieder bei uns an. »Ich habbe ihm verrrziehen, dem Strrrrolch!« sagte Wladimir auf Alexej zeigend, »aber nurrr wegen Hund!« Wladimir wandte sich an den aufmerksamen Titus: »Du hast mich gekostet grraue Haare und Verrrsöhnung mit diese Parrrasit, komm, gib Kuß!«

Das war erst vor einigen Tagen. Weffi war schon bei uns. Cocki und Peter tobten so über den Besuch von Titus, daß wir sie wegsperren mußten. Weffi dagegen begann auf das niedlichste mit dem Gast zu spielen, während wir zu viert im Garten Kaffee tranken.

Erst standen sich die beiden Tiere schwarz-weiß, steif wie zwei Holzpferde, gegenüber. Dann sprangen sie mit kurzen, ruckartigen Bewegungen, Schnauze gegen Schnauze, umeinander herum, und plötzlich schlossen sie den großen Freundschaftsbund und flogen Seite an Seite, sich mit den Schultern berührend, über den Rasen dahin. Weffi kläffte nicht, er richtete sich nur manchmal, während die kurzen Schwänzchen der beiden Hunde wie Uhrwerke hin und her pendelten, an dem Großen hoch und sagte ihm »Wawawawa«, ein neckisches Geständnis seiner Liebe, ins Ohr. Titus verdrehte die Augen, die so an Peter erinnerten, schlüpfte zur Seite und legte dann Weffi seine Arme um den Hals. Es war ein immerwährendes Spielen und Kosen um uns herum, und erst nach einer langen Weile fiel uns auf, daß unser Gespräch versiegt war und wir nur mehr die beiden beobachteten. Ich sah mir die Gesichter der alten Freunde an, die das Leben gezeichnet und hart gemacht hatte. Sie waren jetzt von einem inneren Feuer, von einer milden Glut erleuchtet, befreit, erlöst... Und nun rief Wladimir an, unerwartet früh für seine Verhältnisse. Ich fragte ins Telefon:

»Du, Wladimir? Ist was geschehen?«

»Eeentschuldige«, sagte die Stimme, »daß ich euch sozusagen in der Nacht störe (bei den Russen fängt der Tag erst spät an), aber könnt ihr mich heute gebrauchen?«

»Natürlich! Kummer?«

»Sehrrrr!«

»Habt ihr euch schon wieder verkracht?«

»Nein . . .«

»Gut, komm und bring Titus mit!«

Im Hörer war einen Moment Schweigen, dann Wladimirs Stimme, leise und heiser: »Titus tottt. Stuttgarter Seuche. Gestern nacht — darf ich kommen?«

»Titus — um Gottes willen! Also, komm schnell! Und was ist mit Alexej?«

»Unmöglich, ich werde errrzählen.«

Schweigend legte ich den Hörer auf, und mein Blick traf Weffi, der sich auf der Couch zusammengekringelt hatte, mich traurig ansah und ein paarmal schüchtern wedelte.

»Was ist denn los?« fragte Frauchens Stimme aus dem Nebenzimmer. Ich nahm Weffi, setzte mich zu ihr, das kleine weiße Pferd auf dem Schoß: »Titus ist tot.«

»Nein!«

»Doch, Wladimir kommt her.«

»Natürlich! Aber — wie ist denn das passiert?«

»Stuttgarter . . .«

Und dann schwiegen wir beide und sahen Weffi an, während der gleiche Gedanke in uns keimte.

»Vielleicht ist das ein Wink des Schicksals«, sagte Frauchen, »Alexej liebt doch Weffi so, und er ist ihm gleich auf den Schoß gehopst, als sie letzte Woche hier waren . . .«

Ich drückte das kleine weiße Bündel an mich und erwiderte leise: »Vielleicht — wollen sehen . . .«

Eine halbe Stunde später war Wladimir da, mit Alexej im Schlepptau. Der war total betrunken und wurde in einen Sessel gelehnt. Er sah plötzlich so alt aus . . . Wladimir begann zu erzählen, wie es gekommen war. Cocki und Peter erschienen, berochen die Hosenbeine der beiden, schnüffelten auf den Tisch, der aber nur Flaschen und Gläser trug. Dann gingen sie wieder weg. An der Tür gab es eine kurze und gefährliche Knurrerei gegen Weffi, der ins Zimmer wollte. Ich schimpfte, worauf sich der Knäuel auflöste. Weffi richtete sich zunächst an Alexej hoch, der kam halb wieder zu sich, streichelte ihm den Kopf und murmelte: »Titus . . .« Dann erschrak er, riß die Augen auf, machte sie aber, als er Weffi sah, schnell wieder zu. Dafür lief ihm je eine Träne aus jedem Auge.

Jetzt schluchzte auch Wladimir auf (Russen weinen leicht), worauf Weffi ihm auf den Schoß sprang und ihm ein Küßchen gab. Wladimir drückte ihn an sich:

»Ach, meine Hund, kleines liebes! Könnte ich dir doch mitnehmen, du würrde mir sein grrroße Trrrrost!«

Das war der Augenblick! Mein Herz begann plötzlich unsinnig zu schlagen, ich starrte Frauchen an, sie war blaß, machte den Mund auf und klappte ihn wieder zu, ohne etwas gesagt zu haben. Dafür starrte sie mich jammervoll an: sag du's!

Ich räusperte mich: »Nun — ahem — wenn es euch tröstet — hm — nehmt ihn doch mit, ich meine . . .« Wladimir stand auf, wobei sich Weffi gerade noch durch einen Sprung von seinem Schoß in Sicherheit bringen konnte, kam auf mich zu, umarmte mich in einer Wolke von Alkohol und küßte mich auf beide Wangen (Russen küssen gern andere Männer): »Ich werrrrde dir das nie vergessen! Aberrr — sieh, man gewöhnt sich so leicht an so eine liebe Tierrr, und wenn man muß es dann wieder herrgebben, weil du dich doch niemals von eine von die drei kleine Bursche trrrennen würrrdest, dann tutt doppelt weh, glaub mirrr!«

Ich errötete, als hätte ich eine Backpfeife bekommen. Vielleicht hatte ich auch eine bekommen. Mit einem kurzen Seitenblick stellte ich mit Genugtuung fest, daß auch Frauchen errötet war. Eine Weile war es ganz still, und in dieser Stille hörte man Alexejs Schnarchen.

»Was machen wir mit ihm?« flüsterte ich. »Das beste ist, wir bringen ihn zu Bett und geben ihm noch ein Schlafpulver.«

Mit dem sechsten Sinn und der leicht verletzlichen Ehre aller wahrhaft Betrunkenen war Alexej sofort wieder hoch, stand steil auf, marschierte wie ein Ladestock, verächtliche Blicke um sich werfend, an uns vorbei, ins Treppenhaus hinunter, ließ sich von der vor seiner Männlichkeit dahinschmelzenden Mathilde den Hut reichen, drückte ihr zwanzig Mark in die Hand (»Kauffen Sie Wurst für Hundchen!«) und stieg in den Wagen. Wir waren ihm nachgerannt und sahen, daß es dort im Innern einiges Durcheinander gab. Cocki und Peter hatten nämlich schon den Wagen geentert, und der Dicke hatte ihn sofort zu seiner ›Höhle‹ ernannt und kläffte wütend in alle Richtungen.

»Du kannst sie so unmöglich fahren lassen . . .«, flüsterte mir Frauchen zu.

»Komm«, sagte ich laut, »gib mir den Schlüssel, Wladimir, ich bringe euch natürlich nach Hause!«

»Aberrr, gutte Freund, ich kann sehrrr gut fahrren . . .«

»Natürlich, das weiß ich, daß du sehr gut fahren kannst; aber es gibt andere, dumme Fahrer, und wenn du mit ihnen zusammenstößt, und man mißt den Alkohol in deinem Blut . . .«

Wir fuhren jedoch nicht heim, sondern zunächst in die Lieblingsbar der beiden. Es war dort am frühen Mittag nicht viel los, ein griesgrämiger russischer Kellner nahm für uns ein paar Stühle vom Tisch, Alexej bestellte Schaschlik und verteilte es an die Hunde. Um elf Uhr nachts (ich hatte inzwischen viermal mit zu Hause telefoniert), als wir nach längerer Rundreise gerade wieder in die Lieblingsbar zurückkehrten, tauchte Muckelchen neben uns auf, mit Frauchen am Steuer. Sie nahm mir die Autoschlüssel weg und brachte uns dann alle drei mit Muckelchen nach Hause. Cocki und Peter soffen nochmals ihre Näpfe voll Wasser aus, Cocki kroch darauf beleidigt unter die Kommode, von dort hörten wir ein unverkennbares Geräusch, und als wir abrückten, stellten wir fest, daß ihm das Schaschlik keineswegs bekommen war ...

Am nächsten Morgen erwachte ich spät mit Kopfschmerzen. »Was ist denn los? Is' ja so einsam, wo ist denn Frauchen?« fragte ich die Mama, als ich aus dem Bad wankte.

»Die hat die beiden Besaufskis nach Hause gefahren, und du solltest mit den Hunden 'rausgehen und deinen Kopf auslüften!«

Ich tat es, und bei dieser Gelegenheit erlebte ich etwas, was mich im tiefsten erschütterte. Weffi hatte auch außerhalb des Hauses einen Feind, und das war der große Airdale Ajax, der zwei Straßen weiter wohnte und früher, als junger Hund, oft zu uns auf Besuch gekommen war. Er war ein lieber Kerl und hatte bei uns im Garten, den Umstand wohl beachtend, daß er ein von Cocki und Peter eingeladener Gast war, nett und artig mit ihnen gespielt und die verschiedenen denkwürdigen Plätze berochen, als da sind: die Haselnußhecke, in der das Eichhörnchen wohnt, und das vor kurzem aufgegrabene Mauseloch. Weffi aber haßte er aus unerfindlichen Gründen, und mehrmals mußte ich den kleinen Fellhasen vor ihm retten. Jetzt, als ich meinen Ölkopf durch seine Straße schleppte, war er plötzlich wie ein Schatten da. Weffi wollte zu mir herüber, aber Cocki stellte sich ihm knurrend in den Weg. So mußte er abbiegen, wurde gegen den Zaun gedrängt, und Ajax war über ihm. Und dann geschah es: Cocki und Peter fielen ebenfalls über den Kleinen her und verstießen damit gegen den uralten Hundekomment, den Kumpanen zu beschützen. Ich weiß nur noch, daß ich plötzlich auf der Erde lag. Weffi unter mir, und die drei so wütend anbrüllte, daß sie stutzten und sich verlegen zurückzogen. Dann trug ich das zitternde Tier heim.

Den ganzen Nachmittag würgte ich an der Sache herum und erst am Abend erzählte ich sie Frauchen.

»Es muß wirklich etwas geschehen . . .«, sagte sie. »Es wird nichts helfen, wir werden uns von dem Kleinen trennen müssen . . .«

»Wieso dem Kleinen? Er ist mein Hund! Warum geben wir nicht die beiden anderen weg?«

»Du kannst sie doch nicht getrennt weggeben, dazu hängen sie doch viel zu sehr aneinander.«

»Dann werden wir sie zusammen weggeben, sie werden *uns* nicht vermissen. Wenn man ihnen gut zu fressen gibt, haben sie uns bald vergessen.«

»Das denkst du! Du weißt ja nicht, wie Cocki zu mir ist, wenn du nicht da bist! Und Peterchen, wie sie sich freuen, wenn du mal fort bist und zurückkommst . . .«

Darauf wußte ich nichts mehr zu sagen. Nach längerem Grübeln erklärte ich: »Weißt du, jetzt mach dich mal von allen Sentimentalitäten frei: wenn man's genau überlegt, so sind ja alle drei nicht *die* Hunde, die wir wollten. Cocki habe ich gekauft, um uns über Puckens Tod hinwegzuhelfen und weil er mir leid tat dort in der Bude und dem Regen. Aber du wolltest eigentlich einen Pudel, und ich hätte mir auch nie einen Cocker gekauft. Und dann kam Peter, der ein Pudel sein sollte und – keiner war! Und dann kam Weffi. Er ist ein lieber Kerl, aber ein süßes Dummerle, und es geht doch nicht mit ihm und den beiden anderen.«

»Na und?«

»Na und – ich meine, wie wäre es, wenn wir alle drei weggäben und uns dafür einen einzigen Hund anschafften, der nicht eifersüchtig zu sein brauchte und mit dem man keine Scherereien haben würde ...«

»Und was sollte das für einer sein?«

Ich kannte diese katzenhafte Sanftmut in der Stimme meiner Gefährtin, aber ich ließ mich nicht einschüchtern: »Ein Schäferhund!« sagte ich. »Weißt du, so einer von der großen Sorte, die aussehen wie Löwen! Der wäre dann auch ein richtiger Schutz für dich; denn so ein großes starkes Tier ist doch etwas anderes als diese kleinen Strolche, so lieb sie auch sind.«

»Und wie kommst du darauf? Du hast wohl schon einen im Hintergrund?«

»Nein – das heißt, ich meine, als ich im vorigen Herbst die paar Tage verreist war, um das Manuskript fertigzumachen – du entsinnst dich doch –, da war in dem Hotel in Waldhausen der Rolf ...«

»Du hast mal davon geschrieben, du scheinst dich in ihn verliebt zu haben!«

»Ja, er war – ein wunderbares Tier! Ich meine ... ihn selbst können wir nicht kriegen, sie würden ihn nie hergeben, die Wirtsleute ...«

»Ich mag keine Schäferhunde.«

»Aber du kannst ihn dir doch mal ansehen, ganz unverbindlich.«

»Aber ich ...«

»Nun sei nicht komisch! Paß mal auf, ich habe eine Idee: Am nächsten Sonntag können wir sowieso nicht mit den dreien ausfahren, und hier lassen können wir sie auch nicht zusammen, denn was soll die Mama machen, wenn sie übereinander herfallen?! Ich schlage dir folgendes vor:

Wir nehmen Weffchen mit und fahren nach Waldhausen. Rolf wird Weffi nichts tun.«

»Gut.«

Am Abend nach dieser Unterhaltung lag ich noch lange wach. Draußen, in der Sommernacht verebbten die letzten Regenschauer nach einem Gewitter, und der Schoß der Erde öffnete sich mit süßen, schweren Düften. Wie wäre das ohne die Drei? Ich versuchte mir vorzustellen, wie das jetzt in diesem Hause ohne sie sein würde . . .

Ich sah meinen Radioapparat neben mir, seine Metallschiene matt beleuchtet vom Schein einer fernen Laterne. Knick machte der Schreibtisch, knack antwortete der Bücherschrank. Meine alten Freunde, sie würden dann vielleicht wieder mehr zur Geltung kommen. Ich würde mehr Radio hören, mehr und intensiver lesen. Ruhe, Versenkung, wunderbar! Und die Spaziergänge, ohne darauf achten zu müssen, wer gerade wo ist, und wer sich mit wem beißt, oder wer von den Halunken gerade mitten auf der Straße auf einer fremden Flohbürste herumklettert, während ein 300-PS-Buick in voller Fahrt auf ihn zurollt. Ich würde die Natur wieder sehen und die kleinen Gärten und Häuser und Schicksale um mich herum ganz anders erleben.

Also, wozu überhaupt Hunde?

Bestenfalls ein Schäferhund, der draußen klug und still und stark an meiner Seite blieb und drinnen das Haus bewachte. Ich starrte in die halbe Finsternis: ja, so würde es dann sein, ein ruhiges, stilles, innerliches Leben. Ein Zurückfinden zu mir selbst . . .

»Du Narr«, sagte die Stimme in mir, »wenn *das* deine Ansicht ist, so ändere es doch! Du bist doch dein freier

Herr, und deine Hunde werden weiterleben ohne dich. Das braucht dein Gewissen gar nicht zu belasten.«

»Aber vielleicht finden sie nicht wieder so gute Herrchen?«

»Na, so ein besonders gutes Herrchen bist du ja nun auch nicht, wie sich jetzt herausstellt . . .«, antwortete die Stimme.

»Nun?«

Ich begann unruhig auf meiner Couch zu rumoren: Sie waren alle längst weg, bei anderen Herrchen und Frauchen, und höchstens im Traum noch wanderten ihre Seelen durch dieses Haus, und ihre Schatten trabten und tollten über Treppen und durch die Wände hindurch; und dann trafen sie mein schlafendes Ich jenseits des dunklen Stromes und erzählten ihm, daß es für Bequemlichkeit das leuchtende, das wilde Leben weggab, das mir die Höheren in Gestalt dieser drei geschenkt und anvertraut hatten . . .

Leben? Anvertraut? So schlechte Luft plötzlich im Zimmer! Dumpfig, hm? Aber das Fenster ist doch auf — was ist eigentlich los mit mir? Ich stehe im dunklen Raum, sehe mich fremd um, feindselig an mir herunter: die Faulheit dieses Kadavers will mich um mein Bestes bringen!

Ich öffne die Tür, schleiche die Treppen hinunter, gehe in die Küche, gehe an Mathildes Zimmer vorüber, höre sie durch die Tür atmen und im Schlaf murmeln. Ein Tag schwerer Arbeit liegt hinter ihr. Was wissen wir von den anderen Menschen? Der Schalter knackt laut, Licht flutet in die Küche: da liegen sie, die beiden Unzertrennlichen! Der kleine Löwe auf der Seite, das Auge mit dem dicken braunen Ohrchen zugedeckt. Ich nehme das Ohr zur Seite, langsam öffnet sich ein mattes, trauriges Auge. Kann er Gedanken lesen? Weiß er, daß ich ihn verraten wollte? Und es noch immer halb und halb will . . .? Ich reibe meine

Nase an seinem Schnurrbart. Er fühlt sich heiß an, sein Atem geht so schwer ...

Und da ist Peterchen in seiner Deckenrolle! Er verdreht sorgenvoll die Affenaugen gegen Cocki hin, als wolle er mir sagen: kümmre dich um den da, ich bin nicht so wichtig! Ich küsse ihn auf die graue Stirnlocke und die schwarze Rußnase, richte mich seufzend auf, knipse das Licht aus, gehe nach oben, in Frauchens Büro. Leise klinke ich die Tür auf, drücke den Lichtschalter: da liegt Weffi auf der Couch, die Beinchen steif in der Luft, das Struppelgesicht auf dem Kissen seitwärts liegend. Er schmatzt wohlig-leise, als ich mich jetzt über ihn beuge, und legt das eine Pfotchen ganz behutsam gegen mein Gesicht.

Hinter mir ein Geräusch: die Mama steht in der Tür: »Was treibst du denn, mitten in der Nacht?«

»Ich – hm – ach, nur so ...«

Am Sonntagmorgen packen wir Weffi in den Wagen, Peter schlich mit scheelem Blick weg, als er bemerkte, daß er nicht mitgenommen wurde. Cocki kam überhaupt nicht zum Vorschein.

»Wo ist er denn?« fragte ich Mathilde.

»Er liegt in der Küche.«

»Nanu«, sagte ich zu meiner Gefährtin, »das ist doch aber merkwürdig!«

Wir gingen in die Küche. Dort lag er, sah uns mit unendlicher Trauer an. Als ich seinen Kopf streichelte, zitterte er. Frauchen traten die Tränen in die Augen: »Siehst du, er weiß genau, daß er nicht mitgenommen wird, und da fühlt er sich verstoßen –. Und da sagst du, sie kümmern sich nicht um uns, sie hängen nicht an uns. Wir sind ihre Götter, ihre Sonne und ihre Nacht, wenn sie auch daneben ihre eigenen kleinen Spielchen machen. Wie soll das nun jetzt weitergehen?«

Dann, auf der Fahrt, vergaßen wir unsern Hundekummer für eine Weile, weil wir uns so über Weffchen freuen mußten. Als wir den Wagen an einem Waldrand parkten und einen langen Spaziergang machten, war es plötzlich ein anderer Hund. Aus seinen Augen war die seltsam dumpfe Verschlossenheit verschwunden. Sie glänzten hell, und er verdrehte sie schelmisch, während er um uns herumsprang. Er fand ein Maulwurfsloch und begann zu buddeln, ganz allein, selig und ungestört. Kein Cocki, der ihn von dem Loch verdrängte gerade dann, wenn es interessant wurde, und kein Peter als ewig lauernde schwarze Drohung im Hintergrund.

Mit einemmal begann er auch zu spielen, schleppte Stöckchen herbei, rannte nach Tannenzapfen, durchstöberte in kleinen Kreisen den Wald, sah jeden Vogel, jedes Eichhörnchen, und zwischendurch kam er hundertmal zurück.

»Da siehst du es«, sagte ich, als wir wieder im Wagen saßen und weiter nach Waldhausen fuhren, »jeder von ihnen wäre glücklich als Alleinhund.«

Frauchen schwieg.

»Sagtest du was?« fragte ich nach einer Weile.

Ihre Hand streichelte mechanisch das Köpfchen Weffis, der auf ihrem Schoß saß: »Vielleicht hast du recht, man müßte sie alle drei weggeben, denn so geht es ja einfach nicht mehr weiter. Wir selbst sind nervös und böse geworden, das ist dir vielleicht gar nicht aufgefallen.«

Und dann: »Erzähl mir doch mal von deinem Rolf!«

Ich ließ Muckelchen langsam an den Mauern der Tannen vorbeirollen und wunderte mich, wie fern ich jetzt von dem war, was ich in der Nacht gefühlt hatte. Dann aber erzählte ich:

Rolf

Voriges Jahr, im tiefen Herbst, kam ich in das Hotel in Waldhausen. Die Bäume, weißt du, waren wie lodernde Flammen in der klaren Morgensonne, und unter sich hatten sie bunte Teppiche von Blättern gebreitet. Von den Häuptern der Dreitausender fraßen sich die weißen Ströme frischen Schnees jeden Tag tiefer ins Tal, und am Morgen lag dicker Reif über allen Wiesen. Aber die Luft war klar, und es waren jene unbeschreiblichen Tage des Ausklanges, die im Gebirge wolkenlosen Himmel bringen, den durchsichtigen Himmel des Indianersommers . . .

Die Wirtsleute kannte ich schon von früher, als ich noch unverheiratet war. Als ich sie in der Halle begrüßte, kam plötzlich ein Wolfshund auf mich zu, von einer Schönheit, daß mir der Atem stockte. Löwengolden der Grundton des Felles, kohlschwarz die Decke darauf. Aus den Winkeln der großen, glänzenden Augen, zu den prachtvoll emporgestreckten Ohren herüber, liefen zwei rauchschwarze Streifen, als trage er eine lustige Maske vor dem Gesicht. Die gewaltigen Reißzähne schneeweiß, der blutrote Zungenlappen seitwärts heraushängend, die Lefzen schwarz eingefaßt, schwarz auch die Unterseite des Kiefers, breit und mächtig die Brust, tief der Bug, die Beine lang und nervig, die Hüften schmal. Ich kniete nieder und strich ihm über den Kopf. »Wie heißt er?«

»Rolf. Bitte Vorsicht, Fremden gegenüber ist er unberechenbar.«

Das Tier hatte sich meine Liebkosung, offenbar in der ersten Überraschung, gefallen lassen, jetzt aber übertrug sich die durch Warnung erzeugte Unsicherheit meiner Hand auf ihn, er zog die Lefzen hoch und stieß ein dumpfes Knurren aus. Ich konnte noch gerade die Hand zurückziehen, einen Zentimeter hinter meinen Fingerspitzen schlugen die Zähne mit hölzernem Klappen zu.

Von diesem Augenblick an erwachte in mir der sportliche Ehrgeiz, die Liebe Rolfs zu gewinnen. Wenn ich ihn richtig taxiert hatte, würde er trotz des Schnappens meine erste Liebkosung nicht vergessen haben. Am besten war es, so zu tun, als beachte man ihn gar nicht. Ich setzte mich zum Abendessen nieder in dem kleinen Extrazimmer mit der Eichentäfelung und den alten Zinnkrügen. Durch die Glastür sah ich ihn kommen. Er blickte hindurch, stellte die Ohren auf, dann richtete er sich hoch, drückte die Klinke nieder, kam auf mich zu und stellte sich neben mich. Ich fühlte seine großen Augen auf mir, aß aber ruhig weiter und studierte anscheinend das Lokalblättchen. Plötzlich wurde mein Ellbogen mit einem Ruck hochgeworfen. Eine lange Schnauze schob sich zwischen Arm und Lehne, wich dann wieder zurück. Ich wandte mich ihm zu und mußte lachen.

»Na, du Lump, willst du mich wieder beißen?«

Tiefe Verbeugung vorn, in der er ein paar Sekunden verharrte. Dann sank er auf der Hinterhand zusammen, während der buschige Schweif den Teppich fegte.

»So?« sagte ich, »wollen wir uns also vertragen? Dann komm mal her!«

Ich rückte den Sessel auf die Seite und klopfte auf meine Knie. Er stand auf und vollführte die erste Zeremonie der Freundschaft zwischen Hund und Mensch, das heißt: er beroch genau mein Gesicht. Dann strich ich ihm langsam über den Kopf und tastete mich gerade den Rücken hinab, als ich bemerkte, daß sich seine Lefzen wieder eine Spur hoben. Also war die Sache immer noch nicht ganz geheuer . . .!

Sofort rückte ich meinen Sessel wieder herum und aß weiter. Rolf sah mich einen Moment mit schiefem Kopf an, dann ging er unter den Tisch. Ein Plumps, ich fühlte ein schweres Gewicht auf meinen Füßen und wußte: nun hatte ich die Schlacht gewonnen! Das wurde zur Gewißheit, als noch ein paar späte Gäste kamen und sich am gegenüberliegenden Tisch niederließen. Rolfs Kopf kam unter dem Tischtuch hervor, er fletschte die Zähne und grollte leise. Zwischendurch sah er mich an: »Merkst du, daß ich dich verteidige?«

Ich wußte, jetzt durfte ich alles riskieren, auch schon ein bißchen Strenge.

»Ist gut«, sagte ich, »Sei brav, gib nicht so an!« Dabei griff ich unter den Tisch, zog ihn am Halsband zurück und gab ihm einen leichten Klaps auf die Hinterkeulen, worauf er sich selig auf den Bauch rollte und sich ausführlich von mir kraulen ließ. Nach dem Essen brachte er mich noch die Treppe hinauf bis vor mein Zimmer. Dort hielt er zögernd inne, dann aber drehte er langsam um und stieg die Treppe wieder hinab.

Als ich mich am nächsten Morgen rasierte, kratzte er an der Tür. Als ich öffnete, stand Rolf davor und lachte mich an.

»Komm doch 'rein!« sagte ich. Er folgte ohne Zögern und wirkte in dem kleinen Raum überwältigend. Zunächst beschnupperte er das noch warme Bett und meine Pyjamajacke. Ein Stück halbvertrockneten Kuchens, das auf dem Tisch lag, wurde gleichgültig notiert. Schließlich waren wir ja ein verwöhnter Hotelhund und nicht auf alten Kuchen angewiesen ... Nun schob er mit der Pfote die Balkontür auf und sah mit schiefgelegtem Kopf hinunter auf die Straße. Dann kam er zurück, warf sich dröhnend vor mir auf den Rücken und wischte sich mit der Pfote über das Auge.

Pflichtschuldigst brach ich in tiefes Bedauern aus. »Ach, du armer Kerl! Komm her, Herrchen macht dir's sauber!«

Während ich ihn vorsichtig mit einer Papierserviette bearbeitete, leckte er mir die Brust. Übrigens waren die Augen sehr schön ausgewischt, und daß das Ganze nur Liebehascherei war, merkte ich, als ich mich aufrichtete, denn er blieb ruhig liegen und wischte nunmehr mit der anderen Pfote über das zweite Auge.

»Du, höre mal«, sagte ich, »du kannst dir's aussuchen: entweder treiben wir hier weiter Schönheitspflege, oder wir gehen zusammen Gassi!«

Bei ›Gassi‹ war er sofort hoch, legte mir die Pfoten auf die Schultern und wedelte mit der mächtigen Rute meine mühsam geordneten Manuskripte vom Stuhl. Während ich sie aufhob, packte er meinen Arm mit den Zähnen und hielt ihn fest. Der Griff war ganz zart, aber man merkte sehr deutlich, was dahinter hätte sein können, und ich wollte nicht, daß er zudrückte.

»So«, sagte ich streng, »jetzt setzen wir uns mal ganz schön hin und warten, bis Herrchen fertig ist!«

Sofort legte er sich neben dem Koffer hin, legte den Kopf schräg auf die Pfoten und folgte jeder meiner Bewegungen mit den Augen. Als ich fertig war und auf die Klinke drückte, war er neben mir. Beim Frühstück lag er zu meinen Füßen. Als sein Herrchen, der Hotelbesitzer, sich zu mir setzte, wurde er angeknurrt.

Der Hotelier lachte. »Da haben Sie eine schnelle Eroberung gemacht!« Und dann zu Rolf: »Du bist wohl verrückt, dein Herrle anzuknurren?« Rolf leckte ihm verlegen die Hand, drückte sich dann aber wieder gegen meine Beine.

Nachher standen wir hinter dem Haus. Vor uns Wiesen mit braunweißen Kühen darauf, dahinter stiegen die Berge an, von zottigen dunkelgrünen Mänteln umhüllt.

Wir genossen die Zweisamkeit. Ich nahm einen seiner langen nervigen Läufe in die Hand und streichelte ihn.

»Rolf«, sagte ich, »ich bin sterblich in dich verliebt, weißt du das, du Lümmel? Und ich wollte immer so einen großen, starken Kerl wie dich! Statt dessen bekam ich den Puck, der ist jetzt im Himmel, wo du hoffentlich noch lange nicht hinkommst, obwohl es dort von Hasen und Katzen wimmelt und einem die Würste ins Maul wachsen! Und dann bekam ich zwei kleine Hunde, den Cocki und den schwarzen Peter. Die habe ich auch sehr lieb, weißt du, denn zwischen euch und mir ist alles klar. Man muß sich nicht verstellen, man kann sich ganz so geben, wie man ist, und es wird einem nichts geschehen, niemals muß man auf der Hut sein . . . Ach, was muß ich dir das alles so genau sagen, du weißt schon, was ich meine, nicht wahr?«

Seine klugen Augen ließen mich nicht los, es war, als habe er jedes meiner Worte verstanden. Sein Atem ging stärker, er stand auf, reckte sich und hob mit der Schnauze meinen Arm hoch.

»Natürlich, du hast recht, gehen wir jetzt!«

Immer weiter stiegen wir bergauf, bis der Weg dort

endete, wo der Gießbach aus einer kleinen Grotte dem Felsen entquillt. Es war eine komplette Freischütz-Szenerie. Lawinengewalt hatte ringsherum den Wald zerbrochen und seine Trümmer zwischen die Riesenblöcke des Bachbettes gefegt. Dort lagen ihre Skelette, abenteuerlich verkrümmt. Manche ruhten feuchtschwarz faulend im Wasser, andere ragten — weißverdorrte Schlangenarme — in den Himmel. Nur das Pfeifen des Windes war um uns und das leise Geräusch des Wassers, das unablässig aus dem Boden sickerte...

Heimwärts nahmen wir einen anderen Weg. Die Steine waren glatt, ich rutschte aus, verknackste mir den Knöchel, landete auf den Händen und stieß unwillkürlich einen Schmerzenslaut aus. Sofort war Rolf wieder bei mir, und während ich, anfangs hinkend, weiter talwärts stieg, wich er nicht mehr von meiner Seite und drängte sich ganz an mich heran, und immer wieder sah er mich forschend an: kann ich dir helfen? Hab keine Angst, ich bleibe bei dir!

Erst unten auf der Wiese wurde er wieder lebendig. Offenbar hatte er das Gefühl, daß er etwas zu meiner Erheiterung beitragen müsse. Er stürzte sich auf einen riesigen Bullen, der abseits von den Kühen weidete, und umsprang ihn kläffend. Der Bulle nahm das ausgesprochen übel, senkte die Hörner und ging zum Angriff über. Das steigerte Rolfs Freude zum Delirium. Er machte sich einen Sport daraus, zehn Zentimeter vor der heranbrausenden, muskelgepanzerten Lokomotive zur Seite zu entwischen, sie dann zu umkreisen und nach ihrem Schwanz zu schnappen.

Zwischendurch kam er immer wieder zu mir gelaufen, sah mich mit leuchtenden Augen an: »Na, gefällt dir das?

Habe ich das großartig gemacht?« Schließlich pfiff ich. Er gehorchte sofort. Wir gingen wieder.

Als ich mich nachher in meinem Zimmer für eine Stunde hinlegte, ruhte er vor meinem Bett. Zuerst leckte er sich eine Weile das Fell trocken, dann streckte er sich lang aus und begann seinen Traumschlaf mit zuckenden Pfoten und albernen, dünnen Bell-Lauten. Anscheinend kämpfte er im Schlaf mit dem Bullen weiter. . .

Und so ging es all die Ferientage hindurch. In den zwei Nächten, die dem ersten Tag folgten, vernachlässigte Rolf sogar seine Wächterpflichten und schlief in meinem Zimmer. Als ich schließlich abfahren mußte, wagte ich nicht, mich von ihm zu verabschieden. Schnell trug ich den Koffer in den Wagen, als er für einen Augenblick nicht sichtbar war, gab Gas und fuhr los. Das letzte, was ich von Rolf sah, war, wie er mit gesenkter Nase einer Spur auf dem Hofe folgte, stehenblieb und zu meinem Fenster emporsah. . .

Muckelchen schnurrte ruhig seine Bahn. Da blinkte schon der See! Das Gebirge hatte eine schwere Felstatze mitten in seinen Spiegel gehauen. Von oben in Serpentinen herunterdrehend, sahen wir die Straße sich wie eine weiße Schnur um diese graue Steintatze herumwinden. Ganz hinten, beinahe an ihrem Ende, stieß schon der spitze Kirchturm hoch: Waldhausen!

Da lag schon das Hotel mit seinen bunten Fensterläden, ein gewaltiges, überhängendes Dach auf sich, geschnitzte Balkone um den behäbigen Bauch gegürtet. Durch die Einfahrt rollten wir in den Hof. Der Wagen hielt. Da stand Georg, der Hausdiener. Ich schüttelte ihm die Hand. Und dann kam auch schon Frau Oesterheld, die mollige Hoteliersfrau.

»Ich habe meinen Foxl hier«, sagte ich, als ich ihre Hand nahm, »aber ich habe ihn im Wagen eingesperrt, damit Rolf ihn nicht ›auffrißt‹, denn man weiß ja nie bei ihm, wie er reagiert . . .«

Die Augen der Frau füllten sich mit Tränen: »Sie können Ihr Hundchen ruhig 'rauslassen, es ist nur noch Purzel, mein kleiner Rauhhaardackel, da.«

Etwas in mir erstarrte: »Sie haben Rolf weggegeben? War er doch zu scharf geworden?«

»Nein — niemals hätte ich ihn weggegeben, meinen Rolf, niemals! Sie haben ihn erschossen. Der Förster, oben im Walde. Angeblich hat er gewildert, aber das tun ja alle Hunde hier. Es war nichts als ein Racheakt gegen uns, er hatte einen alten Streit mit meinem Mann und dafür mußte das arme Tier büßen . . .«

In meiner Kehle stieg es heiß hoch, und ich fragte schluckend: »Um Gottes willen! Wann war es?«

»Kurze Zeit nachdem Sie weg waren — nur ein paar Wochen! Es war schon Schnee gefallen, ganz tief. Drei Nächte war er nicht nach Hause gekommen, jede Nacht gingen wir mit Sturmlichtern hinaus, mein Mann, Georg und ich. Der Schnee war so tief, daß wir bis über die Knie einsanken. Wir hörten ihn immer schreien in der Nacht, denn sie hatten ihn nicht einmal totgeschossen, diese Verbrecher. Drei Tage und drei Nächte hat er sich gequält und geschrien, aber es ist in den Bergen fast unmöglich festzustellen, woher der Schall kommt. Erst am Morgen der dritten Nacht entdeckten wir eine Blutspur, ganz hoch oben, und dann erst fanden wir ihn. Viele Hunderte von Metern hatte er sich geschleppt, dorthin wo der Bach entspringt. Sie werden die Stelle nicht kennen, es ist ein wildes kleines Tal. Dort ist er oft hingelaufen, seitdem Sie weg waren, ich weiß nicht, warum. Dort lag er — tot! Dort haben wir ihn auch begraben . . .«

Was den Rest dieses Tages geschah, weiß ich nicht mehr. Irgendwie und irgendwo tranken wir wohl Kaffee, gingen spazieren, Purzel mit Weffi vor uns her. Ich erklärte die Gegend und vermied es, auf die Wiese zu sehen, wo Rolf zuletzt mit dem Bullen spielte. Wir taten wohl auch einen Blick in die kleine Kirche, und einmal drückte meine Gefährtin meinen Arm: »Es tut mir so leid . . .«, sagte sie.

Dann fuhren wir heim. Allmählich verebbte der Schmerz und wich einer traurigen Nachdenklichkeit. Da war schon unser Vorort: wie schnell ging die Fahrt! Die Brücke, das Gasthaus ›Zum Hirschen‹ und dahinter unser Haus. Die Mama stand schon unter der Tür und erwartete uns. Dann erschien auch Mathilde. Ich kletterte aus dem Wagen, reckte mich: »Paßt auf, wenn die beiden herausrasen, daß sie sich nicht sofort wieder mit Weffi hauen, ich laß ihn mal los! Gibt's was Neues, Telefon, Briefe?«

»Cocki ist krank«, sagte die Mama.

»Was?«

»Sehr krank!«

Ich ging ihr nach ins Haus, irgend etwas legte sich um mein Herz, ich versuchte mich frei zu machen und antwortete: »Ach — wollen erst mal sehen, es sind doch große Komödianten, die kleinen Kerle, das weißt du doch! Außerdem fehlt einem von den dreien immer was: mal haben sie sich gebissen, mal überfressen, mal Prügel bekommen — was ist es denn diesmal?«

»Er hat sich übergeben.«

»Na, Wichtigkeit! Er ist schon nicht in Ordnung, seitdem er den scharfen Schaschlik von Alexej gefressen hat.«

»Aber er hat doch gar nichts gefressen und bricht trotzdem, lauter Schleim.«

»Schadet ihm gar nichts, wird er etwas schlanker. Wo ist er denn?«

»Unter Frauchens Bett.«

»Und Peter?«

»Sitzt bei ihm, die ganze Zeit.«

Da war sie wieder, die Hand um mein Herz. »Sitzt bei ihm? Moment . . .«

Ich rannte schon die Treppe hinauf in Frauchens Schlafzimmer. Tatsächlich, da saß Peter, kam einen kleinen Schritt auf mich zu, kauerte sich dann aber gleich wieder mit dem Gesicht eines traurigen Wachtpostens vor das Bett. Von dorther kam nicht das erwartete Gebrüll. Ich kauerte mich auf die Erde: »Ja, mein Löwechen, was ist denn?«

Da lag er in seiner Höhle wie ein kleines Standbild, den Kopf erhoben, die Pfoten nach vorn ausgestreckt. Ich langte unter das Bett und griff seine Tatzen, kraulte seine Brust. Er ließ sich auf die Seite fallen und stöhnte. Sein Körper fühlte sich glühendheiß an. Neben ihm wieder eine Pfütze von Schleim. Ich zog ihn vorsichtig unterm Bett hervor. Er leistete keinen Widerstand, sondern stöhnte nur. Merkwürdig schwer und gänzlich willenlos war sein Körper in meinen Händen. Eine furchtbare Erinnerung schoß in mir hoch: der tote Pucki in meinen Armen, ich aufwärts steigend mit dieser schrecklich schweren, stillen Last gegen das Gebirge, um ihn in sein Grab zu legen . . . Ich schüttelte es ab: Blödsinn, diese ewig durchgehende Phantasie des Schriftstellers! In der Küche soff er Wasser. Peterchen, der wie ein Schatten gefolgt war, sah ihm dabei zu, und plötzlich war auch Weffi da. Er wechselte einen kurzen Blick mit Peter, roch Cocki dann vorsichtig an der Schnauze, sah kurz und ernst zu mir auf und trottete mit hängendem Köpfchen aus der Küche. Frauchen kam mit dem Thermometer und maß den Kranken. Einundvierzig, also Fieber! Wir legten ihn auf seine Decke, er stöhnte. »Sieht fast wie eine Vergiftung aus«, mutmaßte ich, »wenn es morgen nicht besser ist, müssen wir den Arzt holen.« Dann gingen wir zu Bett . . .

Leid ...

In dieser Nacht hatte ich einen merkwürdigen Traum: es war Winter, tiefer Winter, und ich stapfte mit meinen drei kleinen Freunden die Straße entlang bis zum Ende, wo das Feld beginnt und die Holzbarriere steht.

Es war Nacht, die Barriere stand da wie das Ende der Welt! Der Schnee krönte ihre Pfosten wie mit hohen weißen Zuckerhüten. Dahinter löste sich alles in rauchige Finsternis auf, in der sich die Drei sofort verloren . . .

Und dann wußte ich: in jener Finsternis floß schwarz und still das Gewässer, jener unheimliche Fluß, an dessen jenseitigem Ufer die Toten schweben wie Millionen von Schneeflocken und uns fragend und sehnsüchtig in das Gesicht starren . . . Und dann bildete sich über dem Fluß und in der tiefen Finsternis etwas, eine ungeheure Wolke, etwas, das ich mehr fühlte als sah und von dem ich nur wußte, das ist der Dunkle: Jetzt nimmt er Gestalt an, jetzt kommt er auf mich zu, er, das Letzte, das Unaussprechliche, die höchste, rasende Wirklichkeit und gleichzeitig das Zerspringen. Jetzt kam er durch die Finsternis und war mit einem Schritt über dem Fluß. Von hoch oben, höher als die höchsten Sterne, sahen seine Augenhöhlen auf mich nieder. Aus dem Dunkel schossen plötzlich Peter und Weffi. Sie waren voller Schnee und zitterten, und als ich sie ansah, schrumpften sie und wurden wie kleine Mäuse. Ich aber wuchs, wuchs bis in die Sterne und über die Sterne hinaus. Mein Gesicht war nun in der Höhe des dunklen Gesichtes, wir sahen uns an und wußten, daß wir Brüder waren . . .

»Ich fürchte dich nicht mehr«, sagte ich, »wir alle nicht, denn wir haben zu viel gesehen, du hast uns zu viel genommen in diesen Jahren. Du hast Cocki bei dir, gib ihn mir zurück!«

»Schau«, sagte ich, »du hast doch so viele andere, und du wirst noch so viele bekommen . . . Sieh nur in den Laboratorien die Bakterien-Phiolen und die Zyklotrone, die die Atome spalten — was brauchst du diesen einen kleinen Hund, meinen kleinen Löwen? Das Leben macht ihm doch solch einen Spaß!« Und während ich das sagte, sank ich wieder in mich zurück, stand wieder auf dem Feld, Weffi und Peter bebend zu meinen Füßen; sie hatten wieder normale Dimensionen. Und der Dunkle stand über mir, himmelhoch, und dann ging er. Der Sternenmantel flatterte über seinen Schultern und schleifte über das unendliche, stumme, weiße Feld, und kleine, hingemähte Gestalten blieben zurück, dunkle, winzige Hügelchen, und ich wußte, daß es tote Menschen waren, arme Menschen, die er von ihren Qualen erlöst hatte, und kranke Hasen und Rehe, die er zu sich rief, und eine alte Krähe, die unter dem tiefen Schnee keine Nahrung mehr fand. Und Cocki? Wo war Cocki? Ich suchte ihn und — fand ihn nicht! Irgend etwas war da auf dem weißen Feld, ein dunkler Fleck, wie Cockis Fell, und schon war es wieder verschwunden. »Cocki!« rief ich, »Cocki!«

Jemand rüttelte meine Schulter. Es war Mathilde.

»Entschuldigen Sie ...«, stotterte sie, »aber es ist wegen Cocki!«

Mit einem Ruck setzte ich mich im Bett aufrecht:

»Wieso? Was ist mit ihm?«

»Cocki ist sehr krank, glaube ich. Er will nicht aufs Gäßchen gehen und hat lauter Pfützen in die Küche gemacht.«

»Das ist merkwürdig, das hat er doch noch niemals getan. Es müssen die Nieren sein. Er ist mir damals am Sonntag in den See nachgeschwommen, obwohl er doch so ungern ins Wasser geht. Vielleicht hat er sich da so erkältet? Ich komme sofort 'runter!«

In der Küche lag er, den Löwenkopf zwischen den Pfoten. Er schlug nur einmal die Augen zu mir auf, sie waren blutunterlaufen. Er rührte sich nicht.

»Ja, was ist denn los mit dir, Cocki, willst du heute nicht aufs Gäßchen gehen?« fragte ich ihn.

Er wedelte matt mit dem Schwanzstummel. Seine Flanken flogen. Er war über Nacht mager geworden. Ich nahm ihn vorsichtig und hob ihn an, um ihn auf die Füße zu stellen. Er stöhnte, sein Körper brannte vor innerer Glut. Dann entwand er sich mir und schlich die Treppe hinauf. Dort waren die Mama und Frauchen schon wach, Frauchen kniete bei ihm: »Was ist denn nur mit dir, mein armer Junge?«

Er kroch an ihr vorbei, unters Bett, würgte und erbrach wieder.

»Ich glaube, wir werden ihn vorholen und einwickeln müssen, es scheinen die Nieren zu sein«, sagte ich.

Da sprang die Tür auf, Peter und Weffi kamen herein. Weffchen hatte seinen Tennisball im Maul, Peter blieb vor dem Bett stehen, roch darunter und sank davor zusammen. Er streckte seine dünne Pfote unters Bett und versuchte Cocki zu streicheln. Und dann, als es ihm gelang, setzte er sich plötzlich auf die Hinterkeulen, reckte den Kopf hoch und stieß ein langgezogenes, unheimliches Wolfsgeheul aus, die Totenklage des Urhundes. Weffi ließ den Ball fallen, machte den Kopf schief, sah mich ernst an und legte sich dann Kopf an Kopf neben Peter vor das Bett.

Uns war's eiskalt über den Rücken gelaufen. Ich sprang hoch und rannte zum Telefon: »Wir müssen sofort den Arzt anrufen, Cocki ist in höchster Gefahr! Peter hat den sechsten Sinn, er sieht den Tod . . .«

Wir beschlossen, sofort selbst hinzufahren, und zogen uns in Windeseile an.

»Weißt du was«, sagte Frauchen, »wir werden die zwei anderen auch gleich mitnehmen, es könnte ja etwas Ansteckendes sein.«

Im Wagen legte sich der kleine Patient nicht, wie sonst, auf seinen Platz in der Mitte des Hintersitzes, sondern kroch ins Dunkel auf den Boden zwischen den beiden Sitzbänken. Peterchen ließ ihn nicht aus den Augen, hängte seinen Kopf zu ihm hinunter und leckte ihm die Stirn. Er weinte leise vor sich hin.

Der Tierarzt wohnte in einem kleinen einstöckigen Haus mit einem winzigen Garten und einer Zwergtanne davor. Nach zwei Stunden kamen wir an die Reihe. Drinnen im Sprechzimmer liefen Weffi und Peter aufgeregt schnüffelnd umher. Cocki wurde auf den Tisch gehoben, abgehorcht. Als man ihn maß, schrie er vor Schmerz. Es zog sich in mir zusammen, denn ich wußte, wie groß der Schmerz sein mußte, wenn dieses harte Tier einen Laut von sich gab. Der Arzt betrachtete das Thermometer, hob die Fellflappe hoch, sah sich das Zahnfleisch an und seufzte:

»Stuttgarter Seuche. Ein wunderschönes Tier übrigens. Hoffentlich kriegen wir ihn noch durch. Gott sei Dank fängt die Lähmung erst an. Ich gebe ihm jetzt gleich eine Serumspritze und werde auch eine Blutprobe nehmen.«

Dann kamen die beiden anderen dran. Peter schlotterte am ganzen Leibe und schrie gottserbärmlich, noch bevor irgend jemand ihn auch nur angerührt hatte. Drei Leute mußten ihn festhalten, als er gemessen wurde. Dann kam Weffi. Er betrachtete alle Manipulationen als einen Riesenjux, reichte jedem die Pfote und sah sich neugierig um, als sich das Thermometer in seinen kleinen Fellpopo schob. Der Arzt lachte und streichelte seinen Kopf: »Ein urkomischer, bildhübscher Kerl! Es ist der schönste Foxl, den ich bisher sah! Gott sei Dank sind wir kerngesund, der kleine Schwarze auch. Aber sicherheitshalber werden wir jedem von ihnen auch eine Serumspritze geben.«

Das geschah sofort, und wir packten alle Drei wieder ein und fuhren nach Hause. Ich fuhr ganz langsam, damit die Stöße der Straße Cocki keine Schmerzen verursachten.

»Da haben wir uns den Kopf zerbrochen, was wir mit unseren drei Raufbolden machen sollten — jetzt nimmt uns das Schickasl vielleicht Cocki und löst damit das Problem . . .«

»Nein«, sagte Frauchen wild, »nein, *er* soll nicht gehen, er darf nicht! Wir wollen sie behalten, alle Drei, das gelobe ich!«

Zu Hause ließen wir Cocki ruhig unter Frauchens Bett in seine Höhle kriechen. Er sollte möglichst ruhig und dunkel liegen, hatte der Arzt gesagt. Der Teppich wurde weggeräumt, eine Schale mit schwarzem Tee zum Trinken hingestellt.

Dann verschlang uns Gott sei Dank die Tagesarbeit, so daß wir uns nur ab und zu um ihn kümmern konnten.

Einmal, auf dem Gang, sah ich, wie er mühsam aus dem Zimmer kam und die Treppe hinunterschlich. Aber schon unterwegs passierte ihm ein kleines Malheur, es rann einfach weg ... Er zeigte keine Angst oder Scham vor der Pfütze, sondern drehte sich nur schweigend um und warf mir einen großen Blick zu, der mir durch und durch ging: »Du siehst, wie es mit mir steht ...«

Dann kroch er wieder unters Bett und stöhnte.

Peterchen hatte wieder den ganzen Tag vor seinem kranken Brüderchen Schildwache gehalten, und nur für die nötigsten Verrichtungen rannte er 'raus und kam gleich zurück.

Weffi derweilen hatte unter einem Schrank das alte Vollgummibällchen gefunden und war damit selig. Es wurde in die Luft geworfen, man schlug mit den Pfoten danach, man rannte hinaus, ließ es ins tiefe Gras fallen und suchte es so lange, bis man es wiederfand, sich glücklich damit auf den Rücken warf und mit den steifen Vorderbeinen über sich in die Luft hielt ...

Dann kläffte er vor der Haustür. Ich hörte Mathildes Schritte, das Klirren des Türriegels und ihr Brummeln:

»Jetzt willst du wieder 'rein! Erst 'raus, dann 'rein, nur noch der reine Hundeportier könnte man sein!«

Und gleich darauf eine ganz mütterlich warme Stimme, so, als käme sie von einer anderen Person:

»Soso, das Bällchen bringen wir mit? So schön ist's, dein Bällchen? Herrje, und so schön voll Spucke, gib's mir mal! Danke schön! So ein kleiner guter Junge (Kußgeräusch) –«

Sie ist rührend zu den Tieren, unsere Mathilde. Oft hörte ich sie, in der Küche hantierend, mit den dreien reden: »Meine Jungen«, sagte sie, »bleibt nur schön bei mir ... natürlich kriegt ihr was ...« All die aufgestaute

Liebe wird hier an die drei ihr anvertrauten Tiere gegeben, die Liebe zu den beiden Brüdern, die der Krieg verschlang, zu der alten Mutter, die fern auf dem Dorf lebt und niemals schreibt, und zu irgendeinem sagenhaften Bräutigam, der sie vor vielen Jahren um einer anderen willen verließ, nicht zu vergessen zu den Kindern, die sie niemals gebären durfte . . .

Jetzt kamen tip-tip-tip Weffchens Schritte die Treppe herauf. Auf dem Läufer hinterließen sie feuchte Spuren, im Gezottel seiner Füße hingen kleine Kletten, und noch immer trug er das Bällchen im Maul. Auch er steuerte sofort Frauchens Zimmer an, wo der schwarze Wächter vor dem Bett lag. Weffi roch Peter in die Schnauze, der ihn seinerseits genau visitierte. Es wurde aus irgendeinem Grunde besonders lange und heftig in Weffis Ohr geblasen und dann verlegen gegähnt. Plötzlich tönte unter dem Bett hervor ein tiefer Seufzer Cockis. Weffi machte Schiefköpfchen, ließ sich dann auf die Pfoten nieder und sah unters Bett auf den großen Bruder. Dann ließ er das Bällchen fallen. Es blieb zwischen den Pfoten liegen. War es nur Zufall?

Nein, ganz deutlich gab Weffi ihm einen Stoß mit der Nase, so daß es unter das Bett zu Cocki rollte. Ich hörte ein scharrendes Geräusch: der Dicke hatte es mit der Tatze zu sich herangezogen und lag mit seiner Flappe darauf. Weffi stand auf, wanderte befriedigt in mein Zimmer und sprang auf die Couch.

Als es zum Essen gongte und wir die Treppe hinuntergingen, war plötzlich Cocki auch da. Mühsam, Schritt für Schritt, stieg er neben mir hinunter. Wollte er etwa fressen? Nein, er kroch nicht unter den Tisch und brüllte nicht jeden an, der sich setzte und ihm etwas ›wegfressen‹ konnte; er richtete sich auch nicht neben Mama, dem schwächsten Punkt unserer Verteidigung, auf und versuchte, ihr teils mit schmeichelndem Zungenschmatzen, teils mit herrischem Tatzenhieb die Hälfte ihres Essens abzubetteln; er kringelte sich nur mit einem unheimlich traurigen Blick zu meinen Füßen und blieb dort liegen . . .

Nach dem Essen war er wieder an meiner Seite und folgte mir zum Schreibtisch. Als ich zum letzten Gäßchengehen pfiff, kam er nicht; nur als meine Schlafcouch aufgebettet wurde, lag er schon wieder im Sessel.

»Ich glaube, ich werde ihn heute bei mir schlafen lassen müssen; wir können über Nacht ja den Teppich zurückschlagen«, sagte ich.

So wurde es gemacht, und er blieb bei mir. Ich strich ihm noch einmal den Kopf, befühlte die spröde, trockenheiße Nase, dann drehte ich das Licht aus. Nach ein paar Minuten spürte ich ein Gewicht auf meiner Bettdecke, ich machte das Licht an. Es war der kleine Löwe, der von seinem Sessel auf die Lehne geklettert war und sich nun neben mich legte. Er leckte mir einmal den Arm und schlief dann unruhig weiter. Er war hochfiebrig und bei jedem Atemzug durchlief ihn ein Zittern.

»Kleiner Löwe«, flüsterte ich in sein Ohr, »geh nicht weg von mir! Sieh mal, erst sechs Jahre bist du alt — zweiundvierzig Menschenjahre. Du bist auf der Höhe deiner Kraft. Wieviel gibt es noch für dich zu laufen, zu springen, zu raufen, zu fressen und zu lieben! Wie viele herrliche Tage, Monate, Jahre mit Herrchen und Frauchen! Reiß dich doch zusammen, alter Kerl — mein Löwechen!«

Nach dem Frühstück fuhr Frauchen wieder in die Stadt, und ich versuchte zu arbeiten. Aber es gelang mir nicht. Weffi lag auf meiner Couch, Cocki auf dem Sessel und Peterchen, als Wache, vor ihm auf dem Teppich. Wohl ein dutzendmal stand ich auf und ging zu dem kranken

Tier, streichelte es, fühlte seine Hitze, horchte an seinem Herzen — immer dasselbe! Ein inneres Feuer schien unlöschbar in ihm zu wüten und seinen Organismus bis in die feinsten Adern und Fasern zu durchfressen. Seine Augäpfel waren blutunterlaufen —. Wie lange würde er es aushalten? Manchmal schien sich das Licht in den Löwenaugen zu trüben und sich schon der Schleier des Todes zu zeigen. Einmal, als ich mich wieder von ihm lösen wollte, legte er mir eine glühheiße Tatze mit einer lahmen, müden Bewegung auf die Hand. Da blieb ich vor ihm knien, streichelte ihn, sprach mit ihm, wohl eine halbe Stunde lang. Und meine Liebe schien sich in fast mystischer Weise ihm mitzuteilen, er legte sich bequem, streckte die Läufe weit von sich und begann einzuschlafen. Mir war es fast, als ginge nun sein Atem gleichmäßiger.

Ich stand behutsam auf, war ganz steif geworden. Weffi sprang von der Couch herunter, schüttelte sich und winkte mir mit seinen Augen erwartungsvoll zu. Peterchen sah zwischen mir und Cocki hin und her und sortierte seine Fliegenbeine. Die zwei mußten ja schließlich mal aufs Gäßchen! Seltsam, Weffi kläffte nicht, als ich die Brillen wechselte und die Tür öffnete. Nur einmal lief er schnell zu Cocki zurück und machte leise und fragend: »Weff!«, und Peterchen tatzte nach dem Gesicht seines kranken Bruders: »Na, willst du nicht mitkommen, Cockchen?« Er machte aber nur eins seiner verschleierten Augen auf und ächzte. So gingen wir denn ohne ihn . . .

Weffi rattérte vor mir her die Treppe 'runter, Peterchen folgte mir zögernd, den Schwanz eingeklemmt, mit hängendem Köpfchen. Vor dem Haus blieb ich stehen und sah mich um. Alles war wie sonst — und doch war alles anders! Die Glaswand des Grams hatte sich zwischen mich und die wirkliche Welt geschoben. Weffi, in jubelnder

Freude an der Bewegung, zog laut trompetend Achten über den Damm.

Peter hob tief melancholisch das Beinchen an der Mauer und blickte derweilen abwesend und ziemlich verächtlich nach dem gegenüberliegenden Zaun, hinter dem die Grey-Hündin Viola nach seiner Gunst seufzte und die dünne, lange Schnauze durch die Latten steckte. Jetzt kam Weffi vorbeigeschossen: »Wurr-wiff-wiff!« machte er Peter ins Ohr (»Mensch, komm, laß uns tollen, man kann doch nicht immer Trübsal blasen!«). Peter aber, wie stets seit der großen Prügelei, antwortete ihm mit einem wütenden Röhren, und dann ging auch schon seine schlechte Laune mit ihm durch, er packte mit einem schnellen, giftigen Biß Weffi am Kinnladen, daß er den Kopf nicht drehen und zurückbeißen konnte. Weffi ging sofort in die Knie, warf sich dann – oder fiel, das konnte ich nicht unterscheiden – auf den Rücken. Dadurch kam Peter ins Stolpern, und im nächsten Moment steckte sein rechtes Vorderbein in Weffis feuchten Rachen. Peter stieß einen grellen Jammerschrei aus und fuhr zurück. Weffi schnellte hoch und saß Peter im Nacken, seinen Kopf nach Foxlart wütend hin und her schüttelnd und im Fell des Feindes fetzend. Peters Geschrei wurde herzzerreißend, seine Augen traten aus dem Kopf und schienen in den untersten Abgrund des Grauens zu blicken. Er versuchte sich in konvulsivischen Bewegungen zu befreien, und endlich gelang es ihm auch. Mit gefletschten Zähnen standen sie nun Schnauze gegen Schnauze, beide gleich groß, schwarz und weiß.

»Siehste«, sagte ich zu Peter, »jetzt seid ihr zwei wieder quitt, das kommt davon! Und du, Weffi, albernes Holzpferd, stell jetzt deine Knurre ab!«

Ich sah hoch, oben, hinter dem Fenster meines Zimmers, erschien schemenhaft in der spiegelnden Scheibe ein Löwenkopf: »Da seht ihr, was ihr macht, euer armes krankes Brüderchen habt ihr aufgeschreckt. Jetzt aber marsch, und kein Wort mehr!«

Peter aber wollte sich mit seinem scheelen Blick über die Schulter in den Garten zurückschleichen, doch mit einem schnellen Griff schlug ich ihm die Tür vor der Nase zu. »Nein, jetzt wird mitgelaufen, und es wird sich schön mit Weffi vertragen, verstanden!«

Er hatte es verstanden, denn ein paar Minuten später trabten die beiden vor mir her, Seite an Seite. Irgendwie schien eine alte Rechnung zwischen ihnen ausgeglichen zu sein. Aber überall lief der Schatten unseres kleinen Löwen mit uns: da, durch diese Zaunlücke war er immer gesprungen und hatte die Mülltonnen revidiert. Eine seltsame Familie mit vielen Kindern wohnte dort, die die Angewohnheit hatte, Abfälle in großen Pappkartons vor die Garageneinfahrt zu stellen. Jetzt entsann ich mich plötzlich, wie ich einmal Cocki stundenlang gesucht hatte und zum Schluß, schon ganz verzweifelt, an diesem Grundstück vorübergekommen war und nach ihm rief. Da sprang er, wie ein kartesianischer Teufel, die Ohren weit zur Seite gebreitet, mit allen vieren aus einem Pappkarton hoch in die Luft, einen großen Knochen im Maul. Es war ein Anblick von solcher Komik, daß ich noch jetzt wehmütig darüber lächeln mußte. Wo war ich eigentlich? Ich fand mich vor dem Zuckerwerkschlößchen, in dem die alte Dame mit der Pekinesin Elisabeth wohnte. Lange starrte ich auf die Hausklingel . . . Aber, das ging doch nicht, ich konnte doch nicht läuten und ihr, wenn sie herauskam, sagen: »Cocki ist so krank!«

Hinter mir Schritte. Ich drehte mich um. Da kam sie gerade nach Hause, mit dem alten Herrn Bertram eingehakt. Ihre kleine ›Raupe‹ schnaufte asthmatisch hinter ihr her, und Herrn Bertrams schwarzer, ewig mißgelaunter Spitz ließ sich mit gesträubtem Fell von meinen beiden untersuchen. Ich verbeugte mich.

»Wo ist denn Cocki?« wurde ich sofort gefragt. Und nun endlich konnte ich von meinen Kümmernissen erzählen. Die alte Dame war ganz entsetzt und sah mich mit aufgerissenen Augen an, und Herrn Bertrams grauer Spitzbart, sonst starr und unbeweglich wegen des schlechten Verhältnisses zwischen seinem Spitz und meinem Trio, wackelte vor Eifer und Mitgefühl. Das mit dem Serum und dem Penicillin sei alles neumodischer Unsinn, es gäbe nur ein Mittel, nämlich täglich einen Viertel Liter Cognac mit Gelbei hineingequirlt. Er habe einen herrlichen Setter gehabt — Jago —, der sei nun schon lange tot und in seinem Garten begraben, aber den habe er damit gerettet, für viele schöne Jahre gerettet, und in wenigen Tagen nur!

Ich bedankte mich überschwenglich und nahm Kurs auf das Lebensmittelgeschäft. Dort kaufte ich eine halbe Flasche Cognac, richtig, keinen Verschnitt, und zwei Eier. Dabei konnte ich gleich von Cockis Krankheit erzählen. Entsprechend meiner Eigenschaft als Stammkunde war das Mitgefühl groß. Außerdem kam der Metzger von der Ecke herein, der eine große Dogge hatte, und gab mir sofort das gleiche Rezept wie Herr Bertram: nur Cognac mit Ei!

Im Geschwindmarsch ging's heim. Peter sauste sofort nach oben. Dann kam er mir wedelnd entgegen, während ich noch nach dem Korkenzieher suchte, und winkte mich herauf. Cocki lag flach und ausgestreckt auf meiner Couch. Ein eisiger Schrecken durchfuhr mich, er atmete gar nicht: »Cocki . . .!« Ich war bei ihm, da hob er den Kopf, legte ihn wieder hin. Jetzt merkte ich, was sich verändert hatte: er atmete gleichmäßiger und zitterte nicht mehr. Seine Nase war allerdings noch sehr heiß. Hinter mir stand Mathilde mit dem Cognacglas und dem aufgeschlagenen Ei: »Es scheint ihm besser zu gehen . . .«, sagte ich.

»Ja — ich war auch eben oben . . .«

Und da war auch die Mama: »er zittert nicht mehr«, sagte sie, »und etwas kühler fühlt er sich an.«

Ich drehte mich hilflos nach den beiden Frauen um, sah dann zweifelnd die Flasche an: »Man sagte mir, daß Cognac mit Ei . . .«

»Ach, das würde ich nicht tun«, meinte die Mama, »man soll nicht durcheinanderkurieren. Laß doch erst mal . . .«

»Gut«, erklärte ich, setzte die Flasche entschlossen an den Mund und trank.

Er wurde wieder gesund, aber es ging nicht so schnell. Nur ganz allmählich besserte sich sein Gang, die entzündeten Augen wurden wieder klar, aber er taumelte noch, und sein Appetit blieb schlecht. Der Arzt kam noch ein paarmal, legte ein Depot aus Penicillin an und begann allmählich einen gedämpften Optimismus auszustrahlen: »Wenn er nicht ein so prachtvoll stabiler Kerl wäre . . .«, sagte er.

»Also Sie glauben jetzt, daß Sie ihn durchbekommen?«

»Wenn er keinen Kollaps bekommt und ein bißl besser frißt . . .«

Einige Nachmittage später hatten wir Besuch. Eine herrliche Butterkremtorte war gezaubert worden. Die Gäste bestanden aus zwei älteren Ehepaaren mit besonders tüchtigen hausfraulichen Hälften. Es mußte schon etwas ganz Besonderes sein, was ihnen auf dem Gebiet der Bakkerei imponierte. Frauchen war sogar ein klein wenig aufgeregt vor Ehrgeiz. Mathilde, die die Mäntel abgenommen und die Schirme zum Trocknen aufgespannt hatte (es regnete in Strömen), fuhr den Teewagen herein. Die silberne Kuchenplatte stand in der zweiten Etage des Servierwagens, das heißt die Platte, die Torte war — weg!

»Mathilde ist etwas vergeßlich«, entschuldigte sich Frauchen.

Aber Mathilde benutzte die goldene Brücke nicht, sondern glotzte nur stieren Blickes auf die Platte.

»Ich habe sie eben draufgeschoben . . .«, stotterte sie.

»Wo sind die Hunde?« fragte ich.

»Weffi und Peter sind draußen, und Cocki ist in der Küche, aber der hat ja keinen Appetit.«

In diesem Augenblick latschte der kleine Löwe ins Zimmer. Sein Bauch war wie eine schaukelnde Tonne. Er fläzte sich lang auf den Teppich, aus seinen Schnurrbarthaaren leckte er sich noch etwas Krem, dann rülpste er laut und begann ungeniert zu schnarchen.

Da wußten wir, daß er wieder gesund war!

Wunder

Cocki ist gesund! Ich erwache aus meinen Erinnerungen, sehe auf die Uhr: Himmel, es ist ja schon acht durch! Immerhin, wie lange hat es gedauert, diese sechs Jahre noch einmal Revue passieren zu lassen? Kaum mehr als zwanzig Minuten! Wer war das noch schnell, der von dem menschlichen Gedanken als dem Größten und Schnellsten dieser Welt gesprochen hat . . .?

Cocki ist gesund! War es wirklich erst gestern, daß er die Torte stahl?

Aber, was wird jetzt? Das Problem, zwischen den dreien wählen zu müssen, besteht nach wie vor. Das Schicksal hat lediglich ein kleines Zwischenspiel eingelegt, hat uns einen kleinen Umweg geführt, und jetzt stehen wir wieder vor derselben Mauer wie zuvor. Es sei denn . . .

Es sei denn, es geschähe ein Wunder und eine Pforte öffnete sich plötzlich in der Mauer . . . Es sei denn, in dem Verhältnis der Drei zueinander hätte sich etwas geändert. Manche kleinen Symptome aus den Tagen der Krankheit lassen es fast hoffen. Wie Weffi Cocki sein Bällchen schenkte — wie er ihn extra aufforderte, mit aufs Gäßchen zu gehen —. Aber Tiere sind konservativ in ihrer Liebe und in ihrem Haß und im Grunde genausowenig zu formen, wie es die Menschen sind. Jeder läuft auf seinem Geleis, das aus dem dunklen Tunnel kommt und in den dunklen Tunnel führt ... Cocki wird — völlig genesen — ein ebensolcher Tyrann sein wie zuvor, Peter wird seinen Groll gegen die neue Blechtrompete nicht vergessen und Weffi nicht aufhören, den beiden anderen ihr Spiel zu verderben und ihnen auf die Nerven zu fallen ...

Ich seufze. Nun ist die Sonne gar nicht mehr so hell. Vorsichtig blicke ich zur Seite: unmittelbar an meiner linken Wange kitzelt Weffis weißes Bärtchen. Er liegt auf dem Rücken. Die Augen geschlossen. Zwischen den mit schwarzem Lack eingefaßten Lefzen schimmern die kleinen Vorderzähne. Wie kleine Herzen auf rosa Grund. Die dicken Fellbeine sind senkrecht in die Luft gereckt. Ich kraule ihm leise den weichen Kinderbauch, auf dem das dunkelviolette Pigment eine seltsame Landkarte bildet. Er verzieht die Schnauze und beginnt mit dem linken Hinterbein rhythmisch mitzujucken.

»Wollen wir nicht endlich aufstehen?« flüstere ich in sein Ohr.

Er holt tief Atem und setzt mein Gesicht mit einem schmetternden Nieser unter Sprühregen. Unwillkürlich zucken meine Beine, was Peter in seiner warmen Höhle unter meiner Sitzfläche mit einem ärgerlichen Brummen quittiert.

Das wiederum erregt Weffis Aufmerksamkeit. Er rappelt sich auf, klettert über meinen Bauch auf die Stelle der Decke zu, unter der Peter liegt, beschnuppert sie, legt den Kopf schief und beginnt zu graben. Wütend schnappt Peter von unten, worauf Weffi von oben in die Decke beißt. Darauf stürmischer Aufbruch Peters. Er stemmt mein Bein hoch, nimmt die halbe Decke mit, tritt Cocki, der immer noch vor meiner Couch in einem Sonnenbad döst, auf das platt ausgebreitete Hinterteil, gibt ihm schnell einen Versöhnungskuß und reckt sich. Hierbei wird in der Vorderbeuge das Maul weit aufgerissen und die schmale Zunge darin heraldisch gekrümmt. Bei der Hinterbeuge: Maul geschlossen, linkes hinteres Fliegenbein steif weggestreckt. Und dann wird der Schlaf abgeschüttelt. Es ist dieses eigentümliche Schütteln, das zunächst den Kopf erfaßt und ihn so schnell hin und her wirbelt, daß es aussieht, als bestehe er aus sechs Ohren, sechs Augen und drei Nasen. Dann läuft es den Körper entlang bis zum Schwanz, eine wellenartige Bewegung, die aus dem Unsichtbaren kommt, im Hundeleib für ein paar Sekunden Gestalt gewinnt und ins Unsichtbare weiterwandert. Staub und kleine Haare stäuben hoch auf seiner Spur und schweben, in der Sonne durchleuchtet, langsam nieder.

Dann setzt sich Peter hin und beginnt sich zu jucken. Weffi, der ihm nachgesprungen ist, wird davon angesteckt, und auch der kleine Löwe setzt sich auf und macht mit. Alle drei ziehen dabei die Gesichter schief und sehen höchst angestrengt aus. Ihre Beine schlagen auf dem Teppich einen dreifachen Trommelwirbel.

Die Ursache dieses Vorganges wird offiziell als ›nervöser Hautreiz‹ bezeichnet. In meines Herzens tiefster Falte bin ich jedoch davon überzeugt, daß gewisse kleine Mitbewohner durch das Schütteln von ihren Schlafbäumen — sprich Haaren — gefallen sind und den Juckreiz erzeugten, weil sie sich erneut zu verankern suchten . . .

Ich sehe diesen kleinen Verein und muß lachen. Die Furcht ist für einen Augenblick gewichen: Cocki ist wieder gesund! Ich lasse mich mit den Händen und Füßen auf dem Teppich nieder, krieche auf ihn zu und werfe dieses sich unentwegt juckende Fellpaket um. Da liegt er nun auf dem Rücken, die vier dicken Tatzen und die Beine mit den langen, seidigen Federn über sich. Jetzt dreht er den Kopf neckisch zur Seite und läßt die Zunge heraushängen.

»O — o — o — o«, macht er, während er sich hin und her wälzt und mir dann eine der weichen Gummitatzen gegen den Mund drückt. Ich packe ihn am Hals, drücke ihn auf eine Stelle, wo der Teppich aufhört und der glatte Linoleumbelag freiliegt, und schiebe ihn auf dem Boden hin und her. »Alter Bohnerlappen«, sage ich dazu. Er findet das großartig und beißt mir spielerisch in die Hand.

Weffi kommt: na, wird es wieder Radau geben? Steif und zurückhaltend beriecht er die Gegend zwischen Cockis ausgebreiteten Hinterbeinen, und dann richtet er sich an mir hoch und kratzt mich auf dem Rücken. Cocki hat ihn nur flüchtig und gleichgültig angesehen. Jetzt klirrt nebenan der Teewagen. Sofort ist er auf und drängelt gegen die Tür von Frauchens Schlafzimmer. Die Tür öffnet sich, er schießt hindurch, ist im nächsten Augenblick unter dem niedrigen Wagen und — brüllt mich an.

»Na, Gott sei Dank«, sage ich, während ich Platz nehme, »er ist schon wieder unverschämt.«

»Macht nichts«, sagt Frauchen und streichelt seinen hohen Kopf. Er verdreht die Augen gegen sie wie ein sterbender See-Elefant und läßt die Ohren ganz nach hinten hängen.

»Im übrigen«, sage ich (warum tue ich es nur?), »müssen wir uns darüber klar sein, daß sich an der Situation im Grunde nichts geändert hat. Wir waren dabei, uns zu überlegen, wen von den dreien wir weggeben . . .«

»Du kannst doch nicht erwarten, daß ich Cocki jetzt weggebe . . .«

»Und du kannst doch nicht erwarten, daß ich mein kleines Holzpferdchen hergebe, das sich so rührend benommen hat.«

»Rührend? Wieso?«

»Na, hast du vergessen, daß er Cocki sein Bällchen zum Spielen unters Bett geworfen hat und wie er sich an der Couch hochrichtete und dem Dicken den Kopf streichelte?«

»Und Peterchen? Als unentwegte Schildwache bei seinem kranken Brüderchen? Und seine Traurigkeit, seine Verzweiflung? Kann man denn so was überhaupt auseinanderreißen?«

»Und wenn sie sich nun wieder prügeln? Und wenn nun das ganze Haus darüber in Unfrieden gerät und wir uns untereinander anschreien und man niemals mit ruhigem Gewissen wegfahren kann?«

»Ach, was willst du denn, du siehst doch, sie vertragen sich!«

»Ich traue dem Frieden nicht . . .«

Und damit schneide ich entschlossen das erste Brötchen auf. Der Kaffee duftet, das Brötchen schmeckt, die Butter ist frisch, die Sonne fällt durch die dichten Ranken des Geißblattes am Fenster ins Zimmer. Und – Cocki ist gesund!

»Weißt du«, sage ich nach einer Weile, »merkwürdig ist ja, daß sie sich im Augenblick wirklich vertragen! Sieh sie dir an: Peter und Weffi nebeneinander wie Max und Moritz, der Dicke hat ihnen nicht mal die Semmelkrume weggeschnappt, die du eben zu ihnen 'rüberwarfst. Natürlich hat Peter sie gefangen, denn mein kleiner Dussel Weffi verpaßt so was ja . . .«

Wir lachen, und Frauchen sagt: »Nun siehst du! Es wird schon gehen – aber, was ich sage, gilt ja hier nicht . . .« Sie sieht auf die Uhr und springt aus dem Bett: »Um Himmels willen, sind wir heute spät dran! Marsch, marsch, schnell zurechtmachen!«

Die übliche Morgenprozession setzt sich in Bewegung, angeführt durch Frauchen im Nachthemd. Sie entnimmt der Holzkiste im Bad die Utensilien: bestehend aus einem Metallkamm, der Flasche mit Augenwasser, Bürste, Watte und Pinzette (für die Holzböcke). Ich setze mich auf die Kiste, um von dort die Zeremonie zu beobachten.

Als erster kommt Peterchen, ganz krummgezogen, mit verdrehten Negeraugen. Den Schwanz hat er so eingeklemmt, daß es aussieht, als habe er überhaupt keinen. Er wirkt ungeheuer jammervoll und erbarmungswürdig. Im Vorübergehen leckt er mir flüchtig die Hand und gibt Frauchen, die sich schon niedergehockt hat, abgewandten Gesichts die Pfote. Dann beginnt er — immer noch verkrummt — eine Rundwanderung um sie, ab und zu ein kleines Katzenmiauen ausstoßend. Alle Augenblicke hält er inne, fährt mit dem Kopf herum, sieht sich aufgerissenen Auges den eigenen Popo an, bläst schnaufend dagegen und wirft dann heranholende Blicke auf Frauchen.

»Komm, Peterle«, sagt sie, »Frauchen wird mal sehen, was da hinten bei ihm ist.« Er wird umgedreht und nachgesehen. »Na, da ist er ja, der Floh!« Das Insekt endet mit einem Knacks auf den Fliesen des Badezimmers, Peter springt auf und besichtigt die Jagdbeute. Alles, was vom eigenen Körper kommt, muß ausgiebig beschnüffelt werden, und wenn möglich, wird es aufgefressen.

»So, jetzt die Augen«, sagt Frauchen und kippt Borwasser auf den Wattebausch. »Tjuch-tjuch«, niest er verbindlich. Augenwäsche wird als berechtigt angesehen. Er wischt sogar mit der Pfote noch einmal das rechte Auge nach. »Na, noch was drin? Zeig mal her!«

Das Auge wird noch mal gewischt und der Wattebausch

mit dem Ergebnis genau berochen. Dann greift Frauchen nach dem Kamm, und das ist gar nicht mehr gemütlich. Er dreht und wendet sich, reicht ihr ein dünnes Fliegenbein flehend entgegen: bitte, laß es für heute genug sein! Aber das Bein wird gleich festgehalten und gekämmt. Es ist ihm scheußlich unangenehm, und einmal schreit er hysterisch auf, ein langes Weinen hinterher, gewissermaßen auf Vorrat . . .

»Nun sei nicht albern«, beruhigt ihn Frauchen, »das eine Haar, das da geziept hat, und so ein großer, erwachsener Hund! Komm, zeig mal, stell dich mal auf . . .«

Er steht. Ein Jammerbild krummrückiger Ergebenheit. Aber jetzt kommt eine angenehme Einlage, denn der Rükken wird gekämmt und gebürstet. Ahhhh, das ist ein herrliches Gefühl! Mit der Hinterpfote wird begeistert mitgejuckt, der Kopf wird ganz gerade vorgestreckt, und ein wohliges Grunzen dringt aus seiner Kehle.

Dann wird es noch einmal unangenehm, denn der Kopf kommt dran! Die graue Stirnlocke geht ja noch, sie wird aufgewickelt und steht dann schwungvoll in die Höhe wie eine Sahnenrolle, die ein Schornsteinfeger in der Hand gehalten hat . . . Aber dann — der Bart! Der kleine, ewig verklebte, rötliche Zauselbart! Und er traut sich nicht mal, nach hinten auszuweichen, weil es sonst einen Klaps aufs Hinterteil gibt. Endlich ist er fertig. Das gelbe Halsbändchen wird umgelegt, nachdem es ihm zuvor zum Beriechen hingehalten wurde, damit er weiß, es ist seins! Nun läßt er sich ganz entspannt neben Frauchen nieder und paßt auf, wie der nächste Kunde vorgenommen wird.

Das ist Weffi. Er ist heute völlig außer Rand und Band und hat nur das Ausgehen im Kopf. Er tritt vor, einen Tennisball im Maul, den er irgendwie mit ins Bad geschmuggelt hat. Er muß ihm erst aus den Zähnen gewunden werden. Dann, während ihm der Bart gemacht wird, drängt sich plötzlich der kleine Löwe dazwischen, wirft Frauchens Arm hoch und fährt sich mit der Tatze übers Auge. Ich packe ihn an den Hinterbeinen und zerre ihn zurück.

»Dicker, sei nicht albern, du weißt doch ganz genau, daß du noch nicht dran bist!« Weffis Ohren werden derweilen revidiert — halt! Frauchen greift nach der Pinzette und zieht aus dem einen Ohr einen Holzbock. Mit einem Ruck ist er ganz herausgerissen, und er muß dann natürlich genau angesehen werden. Auch Peter steht auf und guckt ihn sich an. Jetzt will ihn Weffi noch mal sehen. Er zieht die Nase kraus und schießt dann einen kolossalen Nieser ab. Nun kommt Weffis Rücken dran. Er krümmt den ganzen Körper vor Vergnügen, zieht die Haut von einer Stelle zur anderen, öffnet, verzerrt die Schnauze bis zu den Ohren: Ach-ach-ach, sagt er dazu. Dann kommen Beinchen und Höschen und zuletzt die Augen. Und nun ist er fertig, steht da mit Kastenbart und dicken Pluderhosen, schön wie ein Reklamebild. Er bekommt das rote Halsband um, schüttelt sich, springt dann zu Peter. Weff-weff! schreit er ihm ins Ohr und nimmt seinen Ball. Peter wendet den Kopf würdevoll ab: läppischer Kerl! Weffi läßt sich neben ihm nieder und treibt dann noch etwas Nachpediküre, indem er mit seinen scharfen Eckzähnen an den vorderen Krallen knackert. Jetzt endlich ist der kleine Löwe an der Reihe. Er wogt auf Frauchen zu, leckt ihr in einem unbewachten Augenblick einmal übers Gesicht und drängt dann den schweren, runden Kopf gegen ihre Brust. »Dickie, du wirfst mich ja um! Hier, hier komm her . . .!«

Bei Cocki müssen besonders die riesigen Ohrbehänge kontrolliert werden. Er fegt mit ihnen allen Unrat auf, und die Ohrwascheln mit den vielen tiefen Taschen und Falten sind ein beliebter Parkplatz für Zecken und alles mögliche. Nach der inneren Reinigung werden die Ohren außen gekämmt. Cocki findet, daß das ungeheuer lustig ist, wird neckisch, geht vorn in die Kniebeuge, lacht aus vollem Halse, legt den Kopf auf die Seite, während sein Körper hinten hoch steht und sein Schwanzrest vergnügt hin und her wedelt. Jetzt knurrt er, spielt böse, tatzt nach Frauchens Hand. Weffi hört mit der Fußpflege auf, kommt steifhaxig näher und riecht ihm ins offene Maul. Dieses Mal wird er von mir an den Hinterbeinen gepackt und zurückgezogen.

Cockis Toilette nimmt ihren Fortgang. Die Fellfahnen an den Vorderbeinen sind mit einer nicht näher zu bezeichnenden Masse verklebt. Es ziept ziemlich heftig, aber er stößt keinen Laut aus. Es ist ganz still, man hört nur das Kratzen des Kammes und die Wassertropfen, die aus dem undichten Hahn ins Becken fallen.

Die beiden anderen liegen wie Standbilder und sehen zu. Kein Laut dringt von außen herein, es ist, als ob die Zeit einen Augenblick stehengeblieben sei. Dann endlich richtet sich Frauchen auf und sagt: »So, fertig, Schluß!«

Bei ›Schluß‹ sind sie alle Drei auf den Beinen und tanzen um uns herum. Wuff-wuff-rrrrrr macht Weffi, der Dicke springt mit allen vier Pfoten gleichzeitig in die Höhe und Peter richtet sich an der Tür hoch und versucht die Klinke zu erreichen. Wir öffnen, und der ganze Verein stolpert und fällt übereinander, schießt in das Schlafzimmer zum eingebauten Schrank und postiert sich dort, denn dort steht die Keksbüchse. Jeder bekommt ein Stück, und damit ist der erste Akt des Hundeschauspiels beendet, Herrchen und Frauchen widmen sich ihrer eigenen Toilette, der Dicke kriecht erneut unter Frauchens Bett, Peter schlenkert unentschlossen zur Treppe und trabt dann schließlich hinunter in die Küche. Weffi legt sich in ein kleines besonntes

Eckchen in meinem Zimmer und seine Augen beobachten mich. Pause.

Nun erscheint Mathilde und rollt den Wagen weg, Cocki marschiert hinter ihr her, Weffi bellt und beißt mir in die Schuhe. Schließlich bekomme ich ihn am Schlips, klemme ihn mir unter den Arm und steige mit ihm die Treppe hinunter. Cocki kommt aus der Küche angesaust, Peterchen schießt unter der Kommode hervor, Cocki bellt und vollführt seinen Indianertanz mit fliegenden Ohren, Peter pfeift wieder wie einst vor Entzücken, das weiße Fellbündel in meinem Arm strampelt wie besessen und stößt ganze Sätze hervor: Bawawawawa bowawowawowa. Schließlich habe ich mich mit dem ganzen Gesangverein in den Garten durchgearbeitet, wo sie wie irrsinnig herumtoben. Glücklicherweise kommt gerade der Briefträger, der sofort mit vereintem Gebrüll überfallen wird, als er vom Rad steigt. Cocki fletscht ihn an, als wolle er ihn zerreißen. Peter hat sich hinter den Mann manövriert und pfeift von dorther in den höchsten Tönen. Weffi trompetet aus Leibeskräften mit – nur nach der falschen Richtung, dem Mann, dem alles gilt, den Popo zukehrend und sichtlich keineswegs begreifend, um was es sich eigentlich handelt. Für ihn gilt es nur, Solidarität zu beweisen. Noch vor kurzem hätte ich ihn auf Grund einer solchen Szene für dumm erklärt; jetzt aber beginne ich die Logik in seinem Verhalten zu entdecken: er will mit seinen Kameraden mitmachen, doch gegen Menschen hat er eigentlich nichts ... Merkwürdig, wie sich seit der Krankheit des Cockers meine Stellung zu allen dreien verschoben hat. Sie sind mir alle Drei viel mehr – und jeder in seiner Art ganz besonders – ans Herz gewachsen.

Wenn sie sich doch vertrügen!

Mit Weffi ist es heute eine schwierige Sache: er hat sich

in den Kopf gesetzt, nicht mitzulaufen, sondern tanzt vor mir her und beißt mich in die Schuhe. Als ein Auto um die Ecke saust und direkt auf ihn zurollt, nimmt er keinerlei Notiz davon. Das Herz bleibt mir stehen, denn er hat, natürlich, wie gewöhnlich, überhaupt kein Gefühl für Verkehrsgefahren und dafür, daß das Ungeheuer ihn in Sekundenschnelle in eine Flunder verwandeln könnte. Gott sei Dank ist es der Rechtsanwalt aus der nächsten Straße, der meine Rowdies schon kennt, und so bremst er den Wagen scharf ab. Ich fasse den Ausbund endlich, wir beiden Männer lachen uns an, und der Wagen rollt weiter . . .

»Kommst du jetzt her«, schreie ich Weffi an. Er stutzt, verdreht die Augen wie ein junges Kalb und saust los, den anderen beiden nach. Ich atme auf, Gott sei Dank, einen Augenblick Ruhe. Aber was wird sich jetzt dort hinten wieder an der Ecke tun? Wird Weffi wieder über den Dicken herfallen und ihn in die Hinterkeulen zwicken, weil der den großen Schäferhundmann nicht bekommen kann? Wird der Dicke sich darauf wehren, und wird ihm dann Peter zu Hilfe kommen?

Da ist der Betrieb schon in vollem Gange: Denn Cocki ist so in Fahrt, daß er mit allen vieren gleichzeitig in die Luft springt. Es ist, als wolle er alle seine Siechheit mit einem Ruck abwerfen. Und nun ist Weffi bei ihm, mischt sein grelles Weff-weff-weff in das dumpfe Grollen des Feindes und das dunkle Wuff-wuff seines Kumpanen Cocki. Aber siehe da: Weffi zwickt ihn heute nicht. Seite an Seite rennt er mit ihm den Zaun auf und ab, um Alf noch mehr zu reizen, der sich immer wieder gegen den morschen Lattenzaun wirft. Dann kracht es, zwei Pfähle brechen um, schlagen nach außen, Cocki und Weffi können gerade noch ein wenig zurückspringen, und dann stehen sich meine Drei und der große, gelbe Feind ohne trennende Wand gegenüber. Was jetzt? Das Spiel wurde durch höhere Gewalt durchbrochen. Wird sich jetzt der Große auf die Kleinen stürzen? Werden sie ihn angehen? Aber nichts von alledem, es herrscht eine allseitige Verlegenheit, man geht umeinander herum.

Die Schäferhündin ist erschrocken durch den Knall mit eingezogenem Schwanz in Hausnähe geschlichen, während ihr Gefährte Kurs auf das kleine kläffende Holzpferdchen nimmt, das an allen vier Beinen schlottert, aber keinen Zentimeter zurückweicht und nur sein Gebiß entblößt. Auch Cocki geht auf ihn zu und riecht ihm ungeniert in die Schnauze. Ich hebe für alle Fälle einen größeren Stein auf, um mich im Notfall dazwischenwerfen zu können — aber alles bleibt ruhig, und nach einer kleinen Weile löst sich die Spannung. Vorsichtig, im Zeitlupentempo, steigt der riesige Schäferhund über Weffi hinweg, dreht sich zu dem Zaun zurück und hebt das Bein. Die beiden anderen schieben sich, noch während der Sprühregen fällt, unter ihm weg und tun das gleiche. Dann wird das Ergebnis ausführlich zu viert berochen, und nochmals wird die Geschichte wiederholt. Schließlich drückt sich auch die Schäferhündin durch die Zaunlücke und beteiligt sich an der großen Riecherei. Dann aber verschwindet sie auf ihrem Grundstück, ihr Bräutigam folgt ihr, und meine beiden trotten weiter. Aus! Peter geht über die Straße und hält Ausschau nach Hasso.

Nach einer Weile, während wir um die nächste Ecke biegen, gesellt auch er sich wieder zu uns. Hasso hat sich nicht gezeigt, worüber er sichtlich enttäuscht ist. Weffi sagt ihm weff-weff ins Ohr hinein: »Na, da bist du ja wieder!« Dann rennt er zu Cocki 'rüber: »Weff-weff, Peter ist wieder da!« Beide Male erntet er nur einen ruhigen Blick: »Schön, ist ja in Ordnung, reg dich nicht auf!«

Da ist am Ende der Straße wieder etwas Schäferhündliches. Peter hat es bereits gesehen, verwandelt sich in die berühmte Messerbank und trabt es mit hohen, dünnen Schritten und vorgerecktem Spitzkopf an. Jetzt sieht es auch der Dicke und setzt sich mit fliegenden Ohren und Federn in Bewegung. Weffi in großen Sprüngen an seiner Seite. Einmal hat er einen solchen Geschwindigkeitsüberschuß, daß er über den kleinen Löwen hinwegfliegt, weil er ihn sonst umgerannt hätte. Wieder suche ich mir einen Stein und setze mich in Trab. (Mein Gott, muß ich auf Unbeteiligte einen komischen Eindruck machen! Aber, was kümmert es mich — Cocki ist gesund!)

Aber es ist kein Feind, keine Gefahr, es ist die gefällige Hündin aus dem Radiogeschäft. Ich weiß nicht, wie sie heißt, aber ich weiß, daß sie den Dicken fanatisch liebt. Doch wird sie von keinem meiner Drei ernst genommen. Peter und Weffi beriechen sie nur kurz von allen Seiten und schwenken dann in den Vorgarten des Geschäftes ein, wo sie einmal eine Katze gejagt haben. Auf diese Weise hat die Hündin ihren geliebten Cocki allein. Sie beleckt ihn, legt ihm die große, hellgelbe Pfote auf die Schulter, macht sich ganz klein vor ihm und wirft sich schließlich auf den Rücken. Er beschnüffelt das Gebotene, sieht mich dann mit gerunzelter Stirn aus ganz hellen Augen an: »Verstehst du das dumme Frauenzimmer? Sie ist doch noch gar nicht dran!«

Die beiden anderen schießen aus dem Gartentor wieder auf die Straße heraus, es war keine Katze da. In einer Schleife geht's zurück zu unserem Haus.

Unterwegs toben ein Foxl und ein brauner Pudel gegen ihre Gitter, werden aber keines Blickes gewürdigt. Nur Weffi, der besonders guter Laune scheint, kehrt noch mal um, beschnüffelt die beiden und schickt ihnen wenigstens einen kurzen Strahl hinein, über den das Doppelgespann in tiefes Nachdenken verfällt. Im gleichen Augenblick höre ich ein Geräusch — tack-tack-tack — immer an den Zäunen. Und da kommt auch schon der Blinde, der im Krieg durch eine explodierende Kartusche das Augenlicht verlor und Gott sei Dank nicht weiß, wie furchtbar blauverbrannt sein Antlitz aussieht. Mit dem Stöckchen tastet er sich am Zaun entlang und findet so nach Hause.

Weffi, der völlig außer Rand und Band heute ist, springt an ihm hoch, reißt ihm den Stock aus der Hand und saust damit los. Ich ziehe den Hut (der andere sieht es doch gar nicht . . .): »Entschuldigen Sie bitte vielmals, es war mein Jüngster, er kennt Sie wohl noch nicht, und hat nichts als Dummheiten im Kopf. Kommst du her, du Kröte!«

Weffi kommt mit steifen Beinen angesprungen, ich reiße ihm den Stock aus den Zähnen und gebe ihn dem Blinden zurück. Weffi richtet sich wedelnd an ihm hoch, und die Hand des Mannes tastet über sein Köpfchen.

»Es ist ein weißes Drahthaarfoxl«, sage ich, »mit einem sehr schönen Bärtchen!«

»Oh«, sagt der andere, während seine lange, schmale Hand über den Rücken Weffis fährt, »ich sehe — ich sehe! Sie haben doch noch zwei andere Hunde, nicht wahr? Einen Cocker und einen Terrier? Ich habe den Cocker so lange nicht mehr bellen hören . . .«

»Das kann ich begreifen, denn er war sehr schwer krank. Aber nun ist er wieder gesund.«

»Das freut mich.« Er setzt seinen Weg fort, tack-tack-tack — seinen einsamen, seinen dunklen Weg — am Zaun entlang.

Und dann sind wir wieder in unserem Garten. Peterchen inspiziert sein Paradies, liebevoll vorsichtig durch die Blumen stolzierend. Der Dicke hat sich vor die Haustür auf die kühlen Steine gelegt und knackert sein Fell. Weffi schlendert allein auf die Straße zurück und guckt, ob Frauchen bald kommt. Ich habe mein Manuskript wieder zur Hand genommen.

Kaum sitze ich, höre ich auf der Straße einen hellen Jammerschrei und fürchterliches Knurren. Ich stehe auf, sehe den Dicken, wie er den Kopf hochreißt. Seine Augen funkeln. Peterchen sitzt im Moment aufrecht, und dann fegen sie beide aus der Tür ums Haus herum. Ich laufe hinterher. Draußen neue Jammerschreie, Fauchen und Fetzen. Ich sehe, was ich vermutete: Ajax, Weffis Feind, hat das kleine Holzpferdchen vor dem Grundstück erwischt. Der Fox hängt schreiend in des großen Airedale Fängen. Aber wie Schatten sind Cocki und Peter an Ajax. Cocki unterrennt ihn mit solcher Wucht, daß er stolpert und Weffi losläßt. Peter indessen hat sich sein Lieblingsziel ausgesucht und sitzt festgebissen an seinem Hinterschenkel. Weffi, eben noch ein hilfloses, schreiendes Etwas, macht kehrt und schlägt Ajax die scharfen Fänge in die Oberlippe. In den Augen des Airedale ist Entsetzen. Was ist mit seinen beiden Freunden? Er erhebt sich, schüttelt die drei kleineren Hunde ab, trabt dann höchst kümmerlich davon, ab und zu sich scheel umblickend und das rechte Hinterbein nachziehend.

Cocki und Peter verfolgen ihn noch ein paar Meter, kehren dann um und sehen sich das Holzpferd an. Aus der Gegend des Schulterblattes rinnt ihm etwas Blut. Sie beschnüffeln es, weichen zurück und niesen pflichtschuldigst. Ich hocke mich zu ihnen, streichle sie abwechselnd und lobe sie. Und dann schwenken alle Drei, Schulter an Schulter, zurück in unsern Garten und beschnuppern die Stellen, wo sie gestern abend den großen Igel aufstöberten ...

Ich aber sehe ihnen lächelnd zu, während sich über ihnen die Zweige der Weide im Sommerwinde wiegen, und weiß ganz sicher, und mir ist ganz feierlich zumute: seit Cockis Krankheit sind sie endlich das geworden, was ich mir schon immer wünschte:

DER BUND DER DREI

Janet & Allan Ahlberg:
Das kleine Wurmbuch
Ein gezeichneter Wurm-Bestseller, der die Welt eroberte – denn da ist doch der Wurm drin!
01/5766 - DM 5,80

Stephen Baker:
Spiele, die Hunde spielen
Sie meinten bisher, ein Hundebesitzer erzieht sich seinen vierbeinigen Freund? Weit gefehlt! Der Hund zähmt sich den Menschen.
01/5989 - DM 4,80

Stephen Baker / Eric Gurney:
Vom Umgang mit neurotischen Hunden
Ein ergötzliches, von Eric Gurney witzig illustriertes Buch voller vergnüglicher Rezepte für zivilisationskranke Hunde, über das Sie Tränen lachen werden.
01/503 - DM 4,80

E. M. Bard:
Der I. Q.-Test für Katzen
Dieser Test zeigt Ihnen, wie es mit der Intelligenz Ihrer Katze bestellt ist – ein köstlicher Spaß für jeden Katzenfreund!
01/6040 - DM 4,80

Luigi Giovanetti:
Max
01/990 - DM 4,80
und
Max – Neue Abenteuer
Das Murmeltier, über das die ganze Welt schmunzelt – und über Giovanettis Karikaturen »ohne Worte«, die selbst den größten Griesgram zum herzhaften Lachen animieren.
01/6105 - DM 4,80

Eric Gurney:
Vom Umgang mit klugen Katzen
In seinen Zeichnungen setzte Gurney der rätselhaften Katze mit unübertrefflicher Beobachtungsgabe ein humorvolles Denkmal.
01/534 - DM 4,80

Vom Umgang mit gefiederten Freunden
Der geniale Zeichner sieht diesmal die Welt aus der Vogelperspektive – und bringt Ihnen Vögel nahe, denen Sie in Wald und Flur nicht so leicht begegnen.
01/896 - DM 3,80

Vom Umgang mit unmöglichen Hunden und wunderlichen Katzen
Gurney und seine Frau Nancy halten hier ihre höchst amüsanten Erfahrungen im Umgang mit den absonderlichsten Exemplaren beider Haustierarten fest – die sich oft wie Hund und Katze benehmen.
01/5749 - DM 4,80

Wilhelm Heyne Verlag München